Jorge Luis
Borges
Adolfo
Bioy Casares

Los orilleros – El paraíso de los creyentes

市郊人·信徒天堂

[阿根廷] 豪尔赫·路易斯·博尔赫斯　阿道夫·比奥伊·卡萨雷斯 著

陈泉 译

上海译文出版社

目 录

序　言

　　纳入本卷的两部电影均接受或者说想接受电影领域的各种常规做法。在写这两部电影的时候，我们并没有想搞什么革新，因为我们认为谈论戏剧并创新戏剧有些过于大胆。可以预料，本书读者将会看到男主角与女主角相遇的场面，圆满结局的场面或者风云突变而最后结局圆满的场面，如同有关"杰出胜利者"坎格兰德·德拉·斯卡拉先生的书信体诗中所说的"以悲剧开始以喜剧结束"。很可能这些常规也十分脆弱；至于我们，我们注意到大家怀着激动的心情回忆的斯腾伯格的电影、刘别谦的电影，它们都尊重这些常规却并没有什么不好。

　　这里的两部喜剧，男女主角的性质也都是常规的。胡利奥·莫拉莱斯和艾蕾娜·罗哈斯、劳尔·安塞尔米和依蕾内·克鲁斯，他们都只是行为的主体，都是中空而可塑的外壳，观众可以进入他们内心并参与他们的冒险。没有任何特别的个性会阻碍人们找到与他们的共同之处。大家知道他们都很年轻，都很潇洒靓丽，自然也不缺乏体面与勇气。而另一些人，他们则有一种自卑心理。在《市郊人》中有不幸的费明·索利亚诺；在《信徒天堂》中则有库宾。

第一部电影的背景大约在十九世纪末，第二部电影差不多发生在我们这个时代。因为地点和时间的特色只存在于差别之中，极有可能在第一部电影中这种差别更容易被感受到，也更有效。因为在一九五一年，我们会知道它跟一八九〇年的差别在什么地方；但是，对于一九五一年以后的未来就不是那么回事了。另一方面，现在永远不会像过去那样充满色彩、那样激动人心。

在《信徒天堂》中，最本质的动因是牟利；在《市郊人》中则是攀比。这后面一种情况意味着人物在道德层面应该更加好一点；但是，我们竭力避免把他们理想化，在外地人与比博里塔那伙人相遇的时候，我们认为不会缺少残酷暴行和卑鄙行径。诚然，按照斯蒂文森故事的含义来说，这两部电影都是浪漫主义的。那些奇妙事件的激情，也许还有史诗英雄的回声在告诉我们这一切。在《信徒天堂》中，随着情节的发展，浪漫的意味会更浓些；我们认为结局本身的喜出望外可以缓解开始时不能接受的某些难以置信的情况。

至于"寻觅"这个话题，在两部电影中都重复了。也许指出下面这个情况并不多余：在旧时的书中，那些寻觅的结果总是很幸运的；阿耳戈英雄们得到了金羊毛，加拉哈德找到了圣杯。而现在，一种无穷无尽的寻觅却会带来一种神秘的喜悦，或者寻觅后找到了某种东西却带来致命的后果。弗兰茨·卡夫卡……土地测量员不能进入城堡，而白鲸就意味着最后找到它的人的毁灭。从这个意义上讲，《市郊人》和《信徒天堂》两部电影都没有离开那个时代的样式。

萧伯纳认为作者应该像逃离瘟疫一般避开故事情节，与萧伯纳观点不同的是，我们在很多时候则认为，一个好的情节是至关重要的。糟糕的是，凡是复杂的情节都会有一点机械呆板，不可避免地需要用一些行得通的辅助性情节来解释一些行为，但是有可能会显得不那么迷人。我们对电影的把握和它的故事，怎么说呢，就符合这些可悲的义务。

　　至于语言方面，我们尽量争取大众化，这主要是指它的语气和句法，而不是指它的词汇。

　　为了方便阅读，我们弱化或抹掉了一些"取景"技术词汇，我们也没有采用双栏的书写方式。

　　尊敬的读者，这些就是我们对作品逻辑性的一点解释。不过，也还有其他一些理由，那是感情方面的；我们怀疑这可能比前者更有实效。我们想，也许最后一个令我们构思《市郊人》的原因，那就是我们想以某种方式实现的一个愿望，触碰因城市无序扩张带来的一些市郊问题，一些夜晚与黄昏，一些关于勇气的口头传说以及吉他所回忆的那些卑微而勇敢的音乐。

豪·路·博尔赫斯

阿·比·卡萨雷斯

布宜诺斯艾利斯，一九五一年十二月十一日

或也许一九七五年八月二十日

市　郊　人

　　摄影机聚焦于一张脸，占满整个屏幕。这是一张恶棍的脸，微胖，头发朝后梳着，涂有发蜡。大翻领翻着。翻领的扣眼处别着一枚徽章。然后，镜头转过来，对着另一张脸：轮廓分明的脸庞，像一个知识分子，略显清贫，一头鬈发，戴着眼镜。接着，镜头再次转动，聚焦在胡利奥·莫拉莱斯的脸上。这是一张与前面形成鲜明对照的脸，充满着另一个时代的高贵气质。这是一位老人，干净利落，头发灰白。

　　这三个人正在一家一九四八年风格的酒吧。隐隐约约可以听到一种进行曲，充满着慷慨激昂、铿锵有力的音符。那个微胖的恶棍小子着迷地看着窗外。这是一条大街，跑着公共汽车、小轿车、卡车。其中一辆卡车上装着大喇叭，音乐声就来自那里。

莫拉莱斯的声音　　（平静而坚定）你们别以为那时也是这样子闹哄哄的。那时过得可清静了。事情怎么会变成这个样子，连外区来的一个陌生人都会引起这么大的注意。你们瞧，我还记得南区的费明·索利亚诺刚来时的情形。当时我正在店里消磨时间，准备跟克莱门西亚·华雷斯去遛马路。

镜头慢慢地聚焦在胡利奥·莫拉莱斯的手上，他正在玩弄一杯桑格利亚汽酒。镜头停留在酒杯上，然后在一家商店打开镜头，这是一家一八九〇年代的商店。莫拉莱斯，一个二十来岁的小伙子，穿着深颜色的西装，胸前饰有一块手帕，头戴一顶单翘檐帽。他把酒杯放在吧台上，然后上了街。

时间转换到过去年代可以通过背景音乐的变化来表现，从原来的进行曲转换成旧时的米隆加舞曲。

莫拉莱斯走在高高隆起的人行道上，这是一条泥土地的小巷，旁边有水沟。沿着小巷是一些低矮的平房，土坯围墙，还有一些荒地。这是午睡时间，阴影下睡着一条狗。街角处，打手比博里塔和一帮听命于他的小伙子聚在那里。这些人的着装表现出他们处于社会底层，十分土气：有的穿着灯笼裤和拖鞋，还有的光着脚。那是一些华人和黑白混血人。（在这反映过去时光的图景中可以出现一些非常典型的土著居民的形象。）在对面的街角处，有人坐在一张靠背高高的藤椅上，正晒着太阳。这是一个黑人，像是犯过罪的人，年老体残了，无所事事。

莫拉莱斯想径直离开。

某小伙　　你可别忘了老朋友啊，胡利奥。

比博里塔　　你过来跟我们玩一会儿吧！

莫拉莱斯　　玩一会儿可以，比博里塔。

波斯特米夏　　（一个土里土气的男孩，看上去像个傻瓜，戴着一顶圆形的单翘檐帽，讲起话来带着一股孩子气）我看到那边有个人走过来了，可以让我们乐一乐了。

他用手指着从另一个路口走过来的费明·索利亚诺。这是一个年轻人，看上去有些阴险邪恶，穿着打扮是个地地道道的贫民窟人：黑色单翘檐帽，脖子上系着领巾，双排扣西装，法式长裤，裤缝带有饰条，鞋子的后跟很厚。

莫拉莱斯　　（对那个傻瓜，显出事不关己的样子）你，波斯特米夏，瞧你的鬼样儿，你去跟他玩去吧。

比博里塔　　（马上接过话茬）当然，如果他去了，你们就可以看到波斯特米夏是最勇敢的公牛。

一个小伙　　你去解决他吧，波斯特米夏。

另一小伙　　波斯特米夏万岁！

另一小伙　　还是比博里塔说的对，波斯特米夏是最出色的。

另一小伙　　波斯特米夏，加油！我们都在这里仵着呢，可以收你的尸骨。

波斯特米夏　　（忧心忡忡）如果他不怕呢？

莫拉莱斯　　你快去找个木匠，让他给你做一把马刀。

比博里塔　　你用嘴对着它"呼呼"吹几下，就可以去砍他了。

另一个人 （挑动着他）已经有人把波斯特米夏称作大胆苍蝇了。

波斯特米夏 （壮了壮胆子）我来收拾他，孩子们。你们可别离开。

其他人 快给波斯特米夏让出场地！

波斯特米夏走近那个外地人，跟他面对面。

波斯特米夏 我是保安，请出示允许你走这条人行道的证明。

外地人好奇地看着他，然后把头上的帽子转了个方向。

费明·索利亚诺 （以命令的口吻）你搞错方向了，你哪儿来回哪儿去吧。

波斯特米夏 （确信无疑）你这样子就让我不高兴了。

波斯特米夏慢慢地跟着他的脚步。费明·索利亚诺来到人群中间。一帮小伙子围住了他，微笑着，好像要一起打架。

比博里塔　　对不起，师傅，那个城里人想要违抗你的命令，是吗？

索利亚诺　　（严厉地）他是想，不过我已经把他给收拾了。

比博里塔　　（热情地）说得对，我可以祝贺您吗？

比博里塔向索利亚诺伸出手，另一个小伙子模仿他的样子。

比博里塔　　你要知道这个小伙子是不负责任的，他一看到外地人就待不住了。（很快凑近他的脸）先生，你是外地人吗？

索利亚诺　　（趾高气扬）是南圣克里斯托瓦尔区的，为你效劳。

比博里塔　　（十分惊讶）南区人！（转过脸对莫拉莱斯）他说他是南区的！（对索利亚诺）如果我对你说那儿是城区，你可别生气。他们在那里生活，知道尊重人，他们都是国家的儿子。

　　莫拉莱斯做出要走的样子。比博里塔把他拦住。莫拉莱斯朝对面人行道边一座房子的窗户看去。镜头对准一个窗户，透过窗帘可以看到一位年轻姑娘的脸——克莱门西亚——，她正看着这里发生的事情。然后，镜头对准那边椅子上的黑人，他正茫然地看着。

帮助索利亚诺的男孩　　这给北区人多么好的榜样，年轻人，这里的一切都太丢人了。

比博里塔　　你说得很对，坦白地说，这里的人都变得火气很大。你甚至都不需要点火柴，就会发现随便哪个角落都会有人出来吓唬甚至扰乱路人。（面对给索利亚诺帮助的男孩）跟先生您那就是另外一码事了，您是令人尊敬的人。

索利亚诺　　（藐视地）当然我是令人尊敬的，但这并不意味着我要跟随便哪个爱找茬的人干仗。

比博里塔　　确实是这样，大家行事要小心，更何况你们在南区的还承受着艾利塞奥·罗哈斯先生的枷锁，没有他的允许连打个喷嚏都不行。

索利亚诺　　艾利塞奥·罗哈斯先生是我的干爹。

　　　　索利亚诺想脱身而去。一群人把他团团围住。波斯特米夏惊慌地走了。

比博里塔　　（低声下气地）您该早说嘛，如果先生您有这样的后台，为了您的平安，您最好先问一下，人家讲话时您保持沉默，而且最好不要到这么偏僻的地方来。因为，这里总会有令人讨厌的家伙在我面前做出一些傻事。

帮助索利亚诺的男孩　　真叫眼见为实。谁会告诉我们，像这样的一个小爬虫也会是艾利塞奥·罗哈斯先生的干儿子呢？

比博里塔　　非常正确。这个年轻人就是个小爬虫。

没讲话的那个　　一条南区的小爬虫。那里除了小爬虫，还是小爬虫。

另一位　　（脸凑得很近）小爬虫！小爬虫！

　　　　比博里塔用口哨叫那个黑人，只见那黑人突然显得非常开心，马上给他扔过来一把刀。比博里塔从空中接住刀。包括莫拉莱斯在内，大家都围攻这个南区人。尖刀在索利亚诺的面前闪闪发光。索利亚诺被那群人从高高的人行道上抛进了水沟。

一个声音　　北区小伙儿干得棒！

　　　　波斯特米夏，他来到另一个街角，看到的一些情况引起他更高的警觉。于是，他把手指伸进嘴里，发出三声尖哨声。马蹄声传来。那伙人落荒而逃（有的跳过了土墙，有的逃进了门厅，各奔东西）。只剩下莫拉莱斯在上面路边，索利亚诺在下面的沟里。

　　　　两个保安骑着马过来了，他们看着那名黑人。只见他又恢复了先前泰然自若的样子，而且离得相当远。莫拉莱斯正在卷着纸烟。其中一个保安直起身子，想看看怎么继续追赶。另一个则下了马，把索利亚诺扶起来。

莫拉莱斯　　（对保安一）让他们去吧！维森特，这帮孩子是

　　　　　　没有过错的。

保安一　　（在思索）是一帮孩子吗？

保安二　　（指着索利亚诺，看到他脸上有一道伤痕）这位先

　　　　　　生会在水沟里刮胡子？

莫拉莱斯　　如果要提出什么申诉的话，那就请受害者提出来吧！

索利亚诺　　（他恢复了平静，但还是有点犹豫）我不想提出

　　　　　　什么申诉，也不需要人七嘴八舌。（他提高了嗓门）我也

　　　　　　不想跟警察称兄道弟。（他走了）

莫拉莱斯　　（平静地）你们看到了吧，总有这样令人讨厌的

　　　　　　家伙想在你们面前插一杠。

保安二　　（对保安一）我在想，维森特，我们真的应该跟这

　　　　　　位比博里塔先生好好聊聊了。

莫拉莱斯　　比博里塔？他跟这件事有什么关联吗？

维森特　　总结报告将会告诉我们他与此有什么关系。另外，

　　　　　　你自己就提起过那帮孩子，你也好好想想吧。

莫拉莱斯　　那帮孩子？有那么多人呢……你想想，在一帮老人比赛中你都比鹦鹉[1]老了，还追什么追。

维森特　　（严肃地）咱们倒要看看，是谁在给这个外区人胡乱找茬呢？

莫拉莱斯　　谁？还不是那个总是冲在前面、爱打架闹事、大名鼎鼎的波斯特米夏吗？

　　　　维森特听到这个玩笑话，他笑了。

保安二　　（思考中）跟疯子搞，什么也搞不明白。

　　　　莫拉莱斯看着两个保安远去。他整理了一下自己的头发和手帕，甩掉卷烟，朝克莱门西亚的家里走去。门上有一个铜把手。莫拉莱斯敲门。听到克莱门西亚的爱犬哈斯敏的叫声。克莱门西亚开门了，这是一个普普通通的出生在美洲的欧洲人后裔，穿着装饰华丽的服装。

1　在拉美文化中，鹦鹉是代表长寿的动物。

房子没有门厅，后面有个院子，植物种在瓦缸里。(对话过程中，莫拉莱斯抚摸了一下狗。)

克莱门西亚　　太巧了，正好是你敲门啊。快告诉我，那个被抛到沟里去的是什么人？我一直看着呢。

莫拉莱斯　　(很不情愿地) 我怎么知道。是个南区人，他说是什么艾利塞奥·罗哈斯先生的干儿子。

克莱门西亚　　艾利塞奥·罗哈斯？

莫拉莱斯　　你认识他吗？

克莱门西亚　　比博里塔向我哥哥提到过他。他是从前非常敢作敢为的人物之一，这样的人已经不多了。

莫拉莱斯　　事实是，今天已经没有勇敢的男子汉了。

他们走进熨烫衣服的小间：一张桌子，一个火炉，衣服在筐里。克莱门西亚从火炉上拎起熨斗，湿一下手指，试试熨斗是不是够烫，然后就开始熨衣服了。

克莱门西亚　　那后来发生了什么呢？

莫拉莱斯　　　没什么，都是那帮孩子瞎胡闹。

克莱门西亚　　（宽宏仁慈地）真是的，比博里塔也够疯的。

莫拉莱斯　　　你看得真准，完全是胆小鬼的把戏。我真不应
　　　　该卷进去的，这么多人对付一个人……

克莱门西亚　　他会吃苦头的。

莫拉莱斯　　　够烦人的，克莱门西亚。今天我真是不顺畅，
　　　　甚至我觉得今天跟保安讲得也太多了。

克莱门西亚　　该不会是你把那帮孩子也害了吧。

莫拉莱斯　　　不会的，肯定不会的。但是如果保安不跟我讲
　　　　那么多话，也许他们就不会知道是那帮孩子干的。

克莱门西亚　　（突然）你说得有道理，最好还是不讲话。首
　　　　先，你是被他们拖进去的，然后，你再讲那些故事。

莫拉莱斯　　　（若有所思的）你刚才怎么说艾利塞奥先生来的？

克莱门西亚　　我也不知道，谁也没有见过他。不过我真不
　　　　敢相信你竟把这帮孩子给害了。

　　　渐暗淡出。

　　　一次哀悼会。好几个悲伤的人正在断断续续地、沉

重地交谈着。

某人　（长长的八字胡一直翘到鬓角）可怜的法乌斯蒂诺先生，不管他人怎么样，他可一直是催肥火鸡[1]最真诚的追随者。

另一位　（也许很像第一位）我一闭上眼睛，就能清清楚楚地看到他口袋里装满了核桃。（他闭上了眼睛）

另一位　（也像第一位）像他们这样的人是祖国需要的。但是很显然，在他们那个地方谁都不是预言家。

在另一个房间，波斯特米夏被好多人围着，其中包括跟随比博里塔的那帮孩子。

一个男人　波斯特米夏，你还是再讲一下吧，这位先生还想记住这个故事呢。

另一位　（给他递上一杯酒）你不要犯糊涂，朋友，我们这

1　一种陪伴宠物。

就把我们的耳朵塞起来，你就讲讲你是怎么给他找茬的故事吧。

波斯特米夏　（神气而又迷茫地）好吧，今天下午，午睡时间最最炎热的时候，我出去溜达……

另一位　真是个警惕的机灵鬼，利用太阳最毒的时间走出他的洞穴。

波斯特米夏　我忘了刚才讲到什么地方了，我得从头讲起。今天下午，午睡时间最最炎热的时候，我出去溜达。发现这个世界到处都是乱七八糟的。随便哪一天，都会有陌生的面孔出现在我们这个地区……他们从来没有孝敬过你。今天下午想混进我们这个地方的是个私自闯进来的家伙……带了一包东西，里面有怀表什么的。这个可怜的胡萝卜掉进了狮子的大嘴巴……首先我要求他出示通行证，把他搞得团团转，像个陀螺。后来，我都开始有点可怜他了……在我感到狂怒的时候，我好好地修理了一下他的脸，我对他说别耍小聪明把我牵连进去……然后我就……我就……我就猛地推了这个南区人一把，把他推进污水沟里待了好长一段时间。

比博里塔　　　真是个金嘴巴。

黑帮男孩　　　我要跟大家强调的是这个南区人居然是艾利塞奥·罗哈斯先生的干儿子。

另一位　　（若有所思而带讽刺地）艾利塞奥先生没有陪在他干儿子身边，算他走运。如果他们俩同时出现的话，嘿，这个骗子（指着那个正微笑着感谢大家的波斯特米夏）就会替我把他们俩都给挖肝掏肺了。

比博里塔　　　波斯特米夏，你赢了。再来一杯杜松子酒。

　　　　　　大家敬酒。波斯特米夏一边喝酒一边向大家打招呼。

　　　　　　进来一位先生，手中拿着一个大酒壶，走路摇摇晃晃的。

大酒壶先生　　（很生气）先生们，绅士和家眷们，请大家放尊重点。坦白地说一句，现在也确实有点太过分了。（他对着大酒壶喝了一口）

在场人　　（在解释）这位傻傻的先生，正在给我们讲他是怎样拦住外地人车子的事。

大酒壶先生　　（饶有兴趣）做得对。（他坐了下来，把大酒壶放到椅子的下边）那就把所有详细的经过给我讲讲。（他准备听下去）

波斯特米夏　　（情绪饱满地）今天下午，午睡时间最最炎热的时候，我出去……

前面我们已经认识的那两个保安，带着些许怀疑，又出现了。波斯特米夏傻傻地看着他们俩，然后，他朝后台逃去。波斯特米夏这么一逃，立即让保安做出了一个决定。

保安二　　（提高了嗓门）快追逃犯。

他们继续追捕波斯特米夏。波斯特米夏顺着屋子后面的铁制楼梯上了屋顶露台。砖砌的露台，地面高高低低，到处是晾晒着衣服的绳子。一会儿又听到他的脚步声。然后后退，后退；绊了一下，摔倒了。

看到水井上方架子上的滑轮和精致的图案。然后在架子的下面，在院子里，我们看到波斯特米夏死了。在默默无声地围着他看的人群中，走出一个人。他就是胡利奥·莫拉莱斯。他脱下帽子，非常悲伤地看着波斯特米夏。其他人也跟着脱帽。

听到了一首肖邦的玛祖卡舞曲，显得很不合时宜。

有人　这么不尊重人家。这么一个哀悼仪式也没能打消这些人的钢琴声。

另一位　让他们去吧。这就算是波斯特米夏的葬礼进行曲吧。

渐暗淡出。

一家铁匠铺内昏暗的环境。深处有一扇门，通向一个泥土地的院子，院子里有一棵柳树。炉火映着铁匠的身影，晃动着。他们是：老板（一个老头），莫拉莱斯（忧郁不语，背朝大门）和一个小伙子。此外，还有一位来客，一位来参加哀悼仪式的助手，他正喝着马黛茶。这时，费明·索利亚诺醉醺醺地进来了，他非常生气而且满腹狐疑。

索利亚诺　谁是这儿的老板？

老板　我，如果你能给我保守秘密的话。

索利亚诺　行，我想给我的混色马钉铁掌，要多少钱？

老板　你的问题真多，那混色马是你的坐骑呢，还是为你
　　　　拉车的？

　　　　索利亚诺想反驳，这时他发现那个小伙子和客人正
　　　虎视眈眈地看着他。他没有看到莫拉莱斯。

索利亚诺　（退让一步）是我的坐骑。（他向门靠近了一步）
　　　　咱们现在去看看怎么样？

老板　这样的话我就有点喜欢了，老实说，先生，你开始
　　　　时给我们的印象可不是很好。你怒气冲冲地进来，这样
　　　　会引起争吵和难堪的……

　　　　一阵静寂。莫拉莱斯没有理会他们的对话，仍然难

过地做着自己的事情。

索利亚诺　（和解地）你想要怎样呢？现在的人已经变得不可信任了。你看看我脸上这个口子。好家伙，一下子围过来二十来个人，还把我弄进了沟里。

老板　（挺关心的）真是胆大妄为。

客人　打了这个预防针，你就可以微笑面对傻子天花了。

索利亚诺　（尖刻地）可以面对傻子天花，面对傻子了。问题是你们这里所有的人也都太过分了。你们是如此热情好客的吗？我真想给他们来个矫正。（他认出了正在走过来的莫拉莱斯。他们默默地对视了一下，然后他情绪激昂地继续说）请你告诉我，就因为他是外地人就要侵害他，难道你还觉得有理吗？二十多个人打一个人，你也觉得有理吗？你觉得这种冒犯有理吗？

莫拉莱斯　（一阵沉默以后）我觉得这是一种卑劣的行为。谁有权利可以硬把这样的回忆刻在一个人的脑子里？我对自己参与这样的事情感到非常羞愧。我一直自认为是十分勇敢的人，但现在我真不知道该怎么想了。

渐暗淡出。

郊外一条无人的马路，清晨，一只狗被孩子们驱赶着。听到很多狗吠声。随着一阵尘土飞扬，来了一辆捕狗车。

捕狗车上的那个人在用绳子套狗。他正准备去套另外一只狗时，有人挡住了他的手臂。

比博里塔的声音　　别动，圣洛克，你们看到的那条毛茸茸的狗，是受人尊敬的狗。

套狗人　　即使那条毛茸茸的狗是弗雷戈利[1]，我也要把它带走。

比博里塔　　（威胁的口吻）我打赌你不会的。

套狗人　　（放下那只狗）你对狗兄弟照顾得够好的。没什么，反正这地方有的是狗。

克莱门西亚过来了，那只狗跑回她身边。

比博里塔　　（面对要离开的套狗人）还是去抓从外面到这里

1　弗雷戈利（Leopoldo Fregoli，1867—1936），意大利演员，善于模仿他人，能在舞台上迅速改变外貌。

来的那些狗吧。（他改变了语气）捕狗车，滚你的蛋吧！

克莱门西亚　　谢谢你，比博里塔！你真是比那些拿武器的还要勇敢。

比博里塔　　多大点事呀，死去的波斯特米夏也会这样做的。

克莱门西亚　　可怜的波斯特米夏，跟他在一起，我总是想笑。

比博里塔　　确实如此，克莱门西亚，在他这个可怜的人身上可以看到的一切，就是我们俗话所说的滑稽小丑，直到他去世。那帮孩子已经把他训练成一个不断重复谎言的人了，总说他如何如何拦住那个外地人。

克莱门西亚　　（钦佩地）可看到他的胆气了，如果为这个地区出面的人是你就好了。

比博里塔　　（谦虚地）如果是就好了……问题是当那些保安出现的时候，这个可怜的胡萝卜正在长篇大论呢。这可把他吓得要死，结果是他都不知道往哪儿跑了。

　　　　　　双方都笑了。莫拉莱斯来了。

莫拉莱斯　　还好，大家还有那么一点好心情。

克莱门西亚　　（匆忙地）比博里塔正在给我讲波斯特米夏死了的事情。

比博里塔　　（很冲动地）保安朝他开枪了，就像是看到了魔鬼一样。他顺着螺旋形铁梯，不顾一切地逃到屋顶露台上，顾不上晾晒着的衣服，拼命逃。最后他被乱七八糟的什么东西缠住了，脚一滑，啪，摔下去了。

克莱门西亚　　真疯狂。

比博里塔　　他摔在水井的附近，差一点掉进去。我看到的时候，他几乎成了断了气的癞蛤蟆。

克莱门西亚　　真疯狂。

　　　　克莱门西亚和比博里塔都笑了。

莫拉莱斯　　你们还笑呢……这可怜的小伙子死得也太恐怖了，可把我们大家都搞成有污点的人了。

克莱门西亚　　我给你把话记下来，胡利奥·莫拉莱斯，你正在跟我讲话。

莫拉莱斯　　不需要很多时间，这一切都会变得非常糟糕，这完全是胆小鬼的举动。我们开的玩笑造成了一个人的死亡。那我们以前做的种种事情呢？现在来一个手无寸铁的外区人，我们却成群结队地像打狗似的打他。

比博里塔　　既然你把这一切都看得那么黑暗，那你为什么不死在那儿呢？

莫拉莱斯　　（遗憾地）也许真的那样会好些，我一直在思考这件事。

克莱门西亚　　别这么说嘛，胡利奥。

比博里塔　　当然，波斯特米夏死了，你的人马中就没有这样的人了。

莫拉莱斯　　如果还有这样的人，应该再找一位勇敢刚毅的。也许我们可以挑战一下，了解一下谁是这样的人，这倒是一个解决办法。

　　舞台渐暗。然后镜头回顾莫拉莱斯经历过的一些瞬间。从城北郊区到市内九月十一日车站附近。开始时出现的景象几乎都是农村，然后人口越来越密集。配乐的节奏越来越明快。看到大车，四轮平板大车，运水车，马拉轨道车，马拉出租车，还有一些私家车（密集的）。可以看到不同类型的街道：看到颇有威风的黑人洗衣女工，头上顶着一大包衣服，还有牵着奶牛的送奶工、卖馅饼的、修雨伞的、卖蜡烛的、卖赶车鞭子的、磨刀的，等等。（应该在这些典型人物之间穿插一些更加普通的百姓形象，以免使本片成为刻意的样品陈列。）

莫拉莱斯的声音　　在九月十一日车站不到的地方，在彼达大街的转角附近，有人搞了一个斗鸡场。有一天我正走着路，门里边年轻小伙子突然叫我，他叫帕戈拉，后来他在一九〇五年的革命中死了。当时他正想让他的黑白花公鸡参加……

与此同时有一个无声的场景：帕戈拉，一位很正派的青年，带有一种老照片的味道，也许还有八字胡，他叫住莫拉莱斯。两人在门口聊了一会儿就一块儿进去了。

他们穿过一个装满酒桶的屋子，又穿过另一间有桌子和吧台的屋子。吧台那边有一个模模糊糊的旧时大镜子。镜框是深颜色的木头做的，上面有花环和天使圣人装饰图案。从那儿他们下到一个地下室，斗鸡场就在这里。这是一个圆形的场地，周围是三排木板做成的梯形楼座，楼梯把这个圆形场地切成两半。来这里的人非常多，都是男人，只有一位妇女，她抱着一个婴儿，正在喂奶。这里有城里人，市郊人和乡下人。场子里，有人胸前系着围裙（有些戴围裙的人已经坐在梯形楼座上），裁判是一位白头发的先生，好像是位新教的神父。一个孩子，胖胖的，光着脚，其中一只脚上戴着拿撒勒马刺子，正在卖煎饼和糕点。场子的一角放着秤和鸡笼。

一个声音　　每轮押五十赔十啰。

另一个声音　　真有趣，白鸡报仇雪恨了。

流窜犯哥们　　（给一位戴着大礼帽的胖先生递过一张报纸）很高兴，博士，来张《阿根廷国家报》吧，别让鸡血溅到您的身上。（殷勤地帮他把膝盖包起来）

先生继续认认真真地做着这个预防性动作。

这时，帕戈拉把他黑白花的巴塔拉斯公鸡带到了场中，裁判做了一些提示后斗鸡就开始了。

观众　　金棕色鸡我押二十。

帕戈拉　　我的巴塔拉斯鸡押五十赔三十。

另一个声音　　我付钱。

胖先生　　（对身边正在毕恭毕敬听他讲话的人）不管怎么说，反正通风问题就是这种场子最大的缺憾。

一位保安　　（他给莫拉莱斯解释）先生说的对。我，作为警察局的人，一直不允许这样的地下场所。

在观众的喊叫声中。帕戈拉的巴塔拉斯鸡赢了。

卢纳　　（赶牲口的人，印第安人面孔，穿着灯笼裤和拖鞋）巴塔拉斯鸡赢了。

帕戈拉收着钱，迷惑而又幸福。

帕戈拉　　我一直是不走运的人，所以当我走运时，我就很害怕。你们瞧，孩子们，这么多的比索，已经让我感到十分沉重，咱们去喝两盅吧！

他们上去了，到了酒吧，坐了下来。莫拉莱斯走过来坐在卢纳的面前。当镜头对准他们俩的时候，他们已经在交谈了。

抱婴儿的女人走近桌子。

女人　　两位先生要喝点什么？

莫拉莱斯　　麻烦你来一杯陈酿朗姆。

朋友一　　我也来一杯。

朋友二　　给我来一杯杜松子酒。（友好地对着卢纳）老乡，您也不讨厌这个大酒壶呀。

卢纳　　老乡？我是南圣克里斯托瓦尔的。感谢上帝。就给我来一杯杜松子酒吧！

帕戈拉　　我，老板娘，请先给我来杯啤酒。

莫拉莱斯　　你是南圣克里斯托瓦尔人？这可是好地方啊，

先生，我正好也在那里混呢。

帕戈拉　　（出于礼貌）你到那儿去找什么呀？

莫拉莱斯　　没什么，想找一个叫作艾利塞奥·罗哈斯的
先生。

卢纳，他正准备喝酒。这时他把酒杯放在桌子上，
观察着。（这个镜头应该很快）女人围着这个桌子在服
务。来来回回地走动。背景是很多的酒桶。在她的头上
方可以看到那个胖男孩的两只脚：一只脚光着，另一只
脚戴着马刺。有人进来的时候就迫使那女人绕过那两只
脚。那胖男孩的一只脚从女人的头上掠过。女人抬头看
了一下。镜头跟踪这个动作。我们看到在堆得高高的酒
桶上面有个孩子，几乎要碰到大梁了。他蜷曲着身体，
正在吃他篮子里的饼子。

女人　　我又逮到你了，曼丁戈黑鬼，你吃着我的血汗不干
活。赶快给我从上面下来，快接待客人。

胖男孩　　我在养精神，老板娘。

胖男孩下来了，一边喊着消失在人堆中。

胖男孩　　（大声喊着）热乎乎的大饼

人人见着高兴。

香甜甜的米糊

忙着端上长桌。

镜头又回到帕戈拉和朋友们的桌子。卢纳正在抽烟。可以看到用过的杯子和干净的杯子，以此表示已经过了一段时间。

朋友二　　（继续讲他的故事）里边，穿着毯式斗篷的人正在发号施令。艾利塞奥·罗哈斯先生把一把短刀留给酒店主，但店主四处嚷嚷着，说他可不想在家里发生任何问题。大家都在划十字。艾利塞奥先生带着长鞭进里屋了，听到一阵噼噼啪啪的声音，穿斗篷的男子拿着高乔人的大刀，带着这个地区和附近地区的所有人出去了。

莫拉莱斯　　斗篷人的末日到了，就像每个人都会有一个末日到来一样。

朋友二　　确实是这样的，但是，当艾利塞奥先生进来发脾气的时候，总会让另一个人的末日来临。

莫拉莱斯　　祝贺你能一直如此精神抖擞。今天晚上我要跟他有个了断了。

　　　　在这个场景中，那个胖男孩一直在吃他的饼子，相当烦人。卢纳强压住内心的不安，看着莫拉莱斯。

卢纳　　（突然暴怒，对着胖男孩）你别再烦人了，小鬼，我要惩罚你。（他揪起他的一只耳朵把他带走了，镜头跟着他，他们来到一个院子。）

　　　　无声的场景：卢纳在给孩子解释着什么。从抽屉里取出一些硬币，交给了孩子。看到抽屉里有一把刀（中等大小的武器，手柄处还有些特别的东西）。木柱上拴着一匹胖乎乎的枣红色矮个儿马，马鞍非常豪华。卢纳回到桌边。

朋友二　（对着莫拉莱斯）不可能迷路的，就在桥那边，大家都认识那座房子，在一块高地上，带走廊的。

朋友二　好多年以前你就知道他住在那儿。我感到奇怪的是，你认识那个人却居然不认识他的家。

莫拉莱斯　我没有说过我认识他。（以友好同党的心情看着帕戈拉）

帕戈拉　（严肃地）你瞧，胡利奥，你也许有你的道理，但我还是喜欢过安静的生活。

卢纳　你们在讲罗哈斯吗？今天晚上你们去家里是找不到他的，他要去阿尔马格罗宾馆参加巴斯克人的舞会。

朋友一　是吗？是在卡斯特罗巴罗斯区的那家吗？

卢纳　（对莫拉莱斯）作为我这把年纪的人，我要给你一个忠告。如果换成我，我就不去参加巴斯克人的舞会，干吗要那么兴师动众地去寻找坟墓呢？反正他会碰到我们的。这是我的预感。

莫拉莱斯　送上门的马我就不会再看它的牙口，所以我接受这个忠告，不再考虑这件事了。

帕戈拉　事情不应该这样子办的。先生，咱们还是去吧……

莫拉莱斯　　我可不想冒犯任何人。

朋友一　　再去喝点吧，还是我来付钱。

　　场景淡化了。看到了马路。胖男孩在舞动他的大刀，骑着枣红色矮个儿马横冲直撞。

　　一个门厅，边上还有个门。墙上有一幅很复杂的浪漫风景画（一座火山，一个湖泊，一座希腊神庙的废墟，一只狮子，一个男孩在吹笛子，等等）。背对着镜头，在一把吊椅上睡着一个块头很大的男人，他是多明戈·阿乌马达先生，是彭夏诺·希尔维拉的教父。

索利亚诺的声音　　喂……嘿……师傅。

　　吊椅上的男子仍然纹丝不动。索利亚诺走进了门厅，出现在镜头前。他拍着手掌。

索利亚诺的声音　　师傅……先生。

那男子巨大的脸转向索利亚诺。

阿乌马达　　（有些奇怪地）你有没有想过，这样子大声喊
　　叫，不会把我吵醒吗？

索利亚诺　　你知道我喜欢看到你醒着吗？我来这里已经三
　　次了，每次都看到你躺在这把椅子上。

阿乌马达　　你这样子会得到什么呢？咱们来瞧瞧。

索利亚诺　　我不是来跟你讨论得到什么和失去什么的。我
　　想知道彭夏诺·希尔维拉先生是不是在家。

阿乌马达　　多好的问题啊。你最好再想一个如此别致的问
　　题，好在明天把我叫醒时问我。（他又睡了）

索利亚诺　　在匕首捅死你之前，可把你的眼睛睁大点看看。

　　（他进去了，与阿乌马达面对面）

阿乌马达　　（态度变了，不慌不忙，但是非常认真地）很
　　好，先生，咱们就一点点地捋一捋吧。有人三番五次找
　　我，说是要帮我，他问某某先生是不是在？你会想，问
　　题到这儿为止没什么难的呀。可是问啊……问啊……
　　（可以用草灯罩增加拍摄效果）任何人都可以随便提任何

问题，（声音更加洪亮地）而责任却正是从你的回答开始的。（很随和地）你说我是不是讲清楚了？

索利亚诺　　（怀疑地）小时候，我记得你从吊椅上掉下来过。

阿乌马达　　确实如此。如果我回答说某某不在——咱们打个比方——，你可以走了，但是你会猜想他曾经来过这里。如果我回答说我不知道某某是谁，那我明天又怎么有脸说我认识他呢？另一方面，如果我给你绕圈子，讲话不讲清楚，你心里可能会想我肯定有什么东西瞒着。

　　　　　　门厅一边的门打开了。彭夏诺·希尔维拉先生进来了。这是一个大高个儿，很结实，一副发号施令的架势，青黄色的皮肤，头发蓬松，留着黑黑长长的八字胡。他只穿一件衬衫（手臂上套有橡皮筋），穿着黑色的长裤和靴子。

希尔维拉　　你好啊！费明。是什么风把你给刮来啦？

索利亚诺　　我是为那件事来的，彭夏诺先生。

希尔维拉　　有什么新消息吗？

索利亚诺　　你听我解释……

　　　戴马刺的胖男孩进来了。

胖男孩　　（突然）给一位叫希尔维拉的先生捎口信……（好像在背诵课文）卢纳先生派我来，叫我尽量悄悄地告诉他，有个叫莫拉莱斯的小伙子，今天晚上会去参加巴斯克人的舞会。

阿乌马达　　这消息太好了。

希尔维拉　　（对孩子）就这些吗？

胖男孩　　还有什么？喔，他说不要让他提前到艾利塞奥先生家去。他还特别吩咐了我一些事情，但是我全忘了。

　　　胖男孩取出一块饼子便吃了起来。

希尔维拉　　有这么一个送信的，我们就什么都明白了。他还给你说什么了吗？

胖男孩　　让大家留在彼达大街的斗鸡场，直到他们到来。

（眼前一亮）好像我还听到说您会给我五块比索。

希尔维拉　　这个嘛你最好就不要记住了。（给他指了一下门）

　　　　　胖男孩耸耸肩，取出另一块饼，边吃边走远了。

希尔维拉　　（对索利亚诺）所有这些情况你以前是否知道一点?

索利亚诺　　快帮我记下这些情况。

希尔维拉　　咱们到里边去吧。我干爹要打个盹。（指了指阿
　　乌马达）

　　　　　他们走进一个撤空的房间。砖地，有一个火炉，一
　　张铁床，一只皮箱。索利亚诺关上门，转过脸对希尔维
　　拉说。

索利亚诺　　今天晚上咱们出击。

　　　　　渐暗淡出。

傍晚时分，一块空地上。背景是一些房子。希尔维拉在给一匹深色的马套上马鞍。索利亚诺给他递上各种器具。

希尔维拉　　（穿着燕尾服，双肩披着羊驼绒披肩）你把那匹黑白混色马留在客栈了吗？

索利亚诺　　没有，我带来了，拴在木桩上呢。

希尔维拉　　但愿莫拉莱斯这个家伙不要坏我们的事。只要这一切不是拉拉门迪耍的花招就好。

索利亚诺　　我现在觉得你是个最不相信别人的人。

希尔维拉　　为了那银行的事，拉拉门迪已经拖了我快一个月了。我付款可从来没有过这么麻烦的事。

索利亚诺　　（和解地）慢点却可以走得很远。拉拉门迪先生是很严格的，是属于那种能看得清水下情况的人。

希尔维拉　　很严格吗？他喜欢的就是小心谨慎。我蛮好不理他的。这事情本来就是我和另一位之间的……

索利亚诺　　我也是这情况，遗憾的是这么多的乡巴佬卷了进来。

希尔维拉转过脸看着他。

索利亚诺　　（迅速地）你是不是觉得我并不是那么着急要跟艾利塞奥先生算账的人？

渐暗淡出。

糖果店门前的人行道上，有几张铁制的圆桌。一张桌子旁坐着一位很重要的先生，长着军人式的八字胡，身边还有一位傻乎乎的年轻女士几乎要睡着了。（先生穿着一件带皮领的长外套。）跑堂在跟先生争吵。有一个看上去热心肠的人，个子矮矮的，从另外一张桌子上站了起来，插话了，他想调和他们俩。他静心地听着争论，对双方都很尊重。一会儿拍拍对方，一会儿弯腰鞠躬，表示赞同。在街上，一个意大利人带着手风琴和鹦鹉，正在弹奏着哈瓦那舞曲。两个穿深色衣服的严肃的市郊人正在跳舞，有板有眼。（镜头继续跟踪那边的争吵，在背景上出现那两位舞者。其他人都不在看他们跳舞。）莫拉莱斯来了，他看着那两位舞者；过了一会儿，突然那个热心肠的家伙引起了他的注意。

先生　（对热心肠的人）年轻人，我再三给他叮嘱了。我太
　　太想要一个香草冰淇淋，就是那种奶油饼干样的冰淇淋。
　　我知道她的肝很娇嫩，所以我就及时插话了，为她要了
　　希麻巴茶，淡淡的。而我，我要了两杯牙买加朗姆酒来
　　帮助消化。

热心肠的人　　到现在为止，我都明白了。请接着讲。

先生　（掸了一下刚才被跑堂的手摸过的袖子）跑堂的干活
　　没有爱心，不能鉴貌辨色就是天大的错误。

热心肠的人　　怎么了？

先生　你的耳朵都不会相信。他给我的太太拿了一杯朗姆
　　酒，而给我拿了一种不知道什么不靠谱的药茶。结果我
　　的太太感到不舒服了，而我也很不满意，口渴得要命。
　　（实在太过分了，他用舌头舔了舔上腭）这个无法无天的
　　人现在还想要我付钱！

热心肠的人　　这绝对是个大新闻，先生，你应该写给那些
　　报社。（又一次拍拍他，然后朝跑堂的走去）不过大家都

来听听这位绅士讲的道理。

跑堂　　我承认是我的错，我在这里工作二十年了，这是我第一次犯错，不过这个账还是要付的，总共是三毛五。

热心肠的人　　对对，这个账还是要付的。（他拍了一下跑堂）

先生　　（考虑了一下以后）抗议归抗议，我现在付钱。

热心肠的人　　（略显匆忙地）我的使命已经完成，我要走了。

先生解开扣子，首先是长外套，然后是燕尾服。然后他开始越来越惊慌地检查他的口袋。一直在看着他们的莫拉莱斯一把抓住热心肠人的衣领。这时，点灯人用几根长棍点亮了油灯。

莫拉莱斯　　（对那位先生）你别白费劲了，先生。（对着跑堂）你……一定也掉了什么东西了吧。

跑堂非常恐惧地发现他的钱包不见了。莫拉莱斯从热心肠的人身上搜出两个钱包并把它们交给两位失主。

莫拉莱斯 （对那个热心肠的人，没有松手）至于你，朋友，谁也不能说旅行会不丢点东西。（他取出数量惊人的东西，先生和跑堂一起在申诉着）

先生 我爷爷在我生日那天送给我的望远镜！

跑堂 我的黄油笔！

等等，等等……

莫拉莱斯取出小偷藏在背心里的匕首。跑堂和先生都不说是他们的了。

莫拉莱斯 （严厉地）你不知道严禁携带武器吗？总之，你走吧，我可不是法官。

热心肠的人 （整了整衣服）真仗义，真仗义。不过我要说，这把刀可真是我的东西。

莫拉莱斯 是你的，不过我碰巧需要借此一用，办件事情。

他藏了起来，打个招呼就走了。大家十分恐惧地看着他。小偷又把手伸向先生的口袋。

渐暗淡出。

郊区的道路。希尔维拉和索利亚诺，骑着马。

索利亚诺　上次有个朋友，他是乡间拍卖师的助手，他送给我一只狗。这可怜的狗啊，只要听到有轨电车的喇叭声就蜷缩到床底下。（笑了笑，故意看了希尔维拉一眼）基督徒也许就不会发生这样的事情了。

希尔维拉　（沉着地）真是美丽的童话。不过还是请你听我讲一件真事。

索利亚诺　那行啊。

希尔维拉　听着，大约二三十年前，在一个碉堡，一个士兵冒犯了一位中士。当时他们都在等待印第安人的突然袭击，而那个中士却不当回事。那天晚上，印第安人带着长矛铺天盖地地来了。

一阵沉默。

索利亚诺　　那次仗后来打得怎么样?

希尔维拉　　他们挥舞着大刀对付印第安人。

索利亚诺　　不是,我是说那个士兵和中士结果怎么样?

希尔维拉　　这个嘛,等我们今天晚上处理完艾利塞奥先生以后,你就知道了。

　　渐暗淡出。

　　希尔维拉和索利亚诺穿过堆着许多酒桶的屋子,来到通往斗鸡场的楼梯跟前。他们进了酒吧。人们已经散去:屋子空荡荡的,显得很大。卢纳心不在焉地用刀在清理他的靴子。一个女人坐在柜台后边,正在编织。

卢纳　　下午好!

　　双方击掌。

卢纳　　你们要不要先喝一杯?

索利亚诺　　对了,男人之间就是这样子讲话的。

大家坐了下来。

卢纳　　你呢？彭夏诺先生。

希尔维拉　　谢谢你，不过为了今天晚上的事情，我现在需
要清静一下，为了这一天我已经等了好多年了。

他坐下了。

索利亚诺　　你很有主见，如果你喝酒头晕的话。干吗不来
点泡面包糊？

卢纳　　（没有能理解索利亚诺的心思）老实说，我并不建议
你吃这个，彭夏诺先生。（低声地）这里他们做不了的。

索利亚诺　　（对女人）两瓶甘蔗烧酒，夫人。

希尔维拉　　（严肃地）咱们来讨论一下各自的角色吧。你
看，这个要去艾利塞奥先生家的小伙子莫拉莱斯是什
么人？

卢纳　　就是参加那次争吵的人，他个人跟艾利塞奥先生有
过节，今天晚上他要去找他麻烦。（大家讲着话，那女人

一边在倒甘蔗烧酒）为了赢得时间，我叫他到巴斯克人的舞会上去找艾利塞奥先生。

希尔维拉　（赞许地）你考虑得很周到。

索利亚诺　（对卢纳）你通知伊斯梅尔先生了吗？

卢纳　这个我倒一点也没有想到。

希尔维拉　（沉思地）问题是这个莫拉莱斯会把我们的事情变得很麻烦的。

索利亚诺　那总得有人去把他稳在那个舞会上吧。

希尔维拉　好的，可以不跟拉拉门迪多说什么。

索利亚诺　九点钟我们到他家里去找他。

希尔维拉　好的，咱们现在把这家伙搁一边，先来谈谈我们之间的事情吧。

索利亚诺　老是讲啊，听别人讲啊，我都烦死了。

希尔维拉　（没有理会他）你们已经知道，在我们穿过这个门的时候，你们把马路两边给控制住，我一个人走到他家里去，我来负责艾利塞奥先生。

索利亚诺　根本不是这样的，我也想杀这个恶霸。要不还是咱们两个人一块儿去他家吧！

希尔维拉　　（冷淡地）好啊，年轻人。那你去做你想做的事吧。卢纳和我两个留在马路两边，我们看着你精神抖擞地进入狼口。

索利亚诺　　一言为定。（喝了一口酒）越早越好。

希尔维拉　　（以同样的口吻，好像刚才没有被打断一样）你把你的黑白混色马放在柳树林里。你走到门口以后再敲门，叫艾利塞奥先生。不到非常近的地方千万别开火。

索利亚诺　　你说得对，应该做得很理智。（又喝了一口）

希尔维拉　　你这样忐忑不安的样子，可不要出差错啊。如果他们把你杀了，卢纳和我会进来策应。

卢纳　　（哈哈大笑以后）现在的情况变得很好了。

索利亚诺　　有可能他们会把我杀了，但是请你们知道，我不害怕，我不怕。

希尔维拉　　咱们现在就走了，怎么样？

索利亚诺　　好的，但是在走之前，我还要再喝一杯。（停顿了一下，后来很紧张地）咱们九点钟集合，解决拉拉门迪的事，现在咱们最好不要一块儿走出去。

希尔维拉　　（冷淡地）随你便吧，那我们就确定九点钟。

他们出去了。渐暗淡出。

在一家客栈，面对着装有栅栏的窗子，胡利奥·莫拉莱斯快要吃完饭了。透过窗子，可以看到位于厄瓜多尔大街和巴尔多洛梅·米特雷大街路口的九月十一日车站广场上的商陆树。客栈的地面是地板，它比马路要略低一些。在另一张桌子上，在房子的深处，有一个矮个子、身体很结实的人，拿着白色的拐杖，在空酒杯面前一边讲话，一边做着看不懂的手势。

男人　（沙哑低沉的声音）老板，再来一瓶烧酒。快点儿，他们人就要来了。

跑堂很冷淡地在为他服务。这个男人一口气就把酒喝光，用前臂抹了抹嘴。他站起来，留下几个硬币在桌子上。他向莫拉莱斯走去，好像要向他进攻似的，几乎要碰到了却没有看到他，与他擦肩而过。他上了街。

跑堂　　（给莫拉莱斯一个眼色）对，现在应该快要到了。

莫拉莱斯　　是谁呀？

跑堂　　那些黑人。他们喝完第二杯烈酒就会倒下的。请
注意。（他指了指窗子）他们把卢卡斯已经弄得有些难
堪了。

莫拉莱斯看着外面的商陆树。只见有个人在穿衣
服。他一只手臂高举着，像是在套上披肩；另一只手在
挥舞着想象中的刀。人行道边缘的长条石板上坐在一个
人，眼睛没有看着他。

跑堂　　最后他都能够把他们给摆平。

莫拉莱斯　　也许他正在梦想着曾经发生的事。

跑堂　　这里曾经是一个大车广场，你可以看到各地来的人。
大概七几年的时候，莫隆地区的一些黑人死了，他们经
常在果品市场附近的赌场酗酒，然后跑到广场去撒野，
扰乱行人直到深更半夜。

莫拉莱斯　　噢，直到后来卢卡斯先生把这些人摆平？

跑堂　　是的，他是一位最谦虚谨慎的小伙子，他只想努力完成自己的使命。但是那些黑人变得非常专横跋扈，直到有一天，他在商陆树下候着他们，当着大家的面揍了他们一顿。现在挺让人可惜的：他喝酒，与黑人争斗的事全忘记了。

莫拉莱斯　　为什么可惜？他是老了，几乎疯了，但是他从来没有忘记那一天他显示出他的男子汉本色。

　　　　　他站起来，付了钱。在商陆树下，他从卢卡斯先生身边走过。

莫拉莱斯　　祝你好运，卢卡斯先生。

男人　　（指着地面）你们看，那个人的嘴巴里还在流血。

　　　　　渐暗淡出。

　　　　　又一次在斗鸡场。索利亚诺在点燃一支烟，走近柜台，自己又倒了一杯甘蔗甜酒。手拿着杯子，沉思着走到可以下到斗鸡场的楼梯口。他丢下烟蒂，烟蒂掉在圆形的场子里。索利亚诺的眼睛看着烟蒂掉下去。他回过头来，对着镜子照了照。他一口气把甘蔗甜酒喝光，又照了一下镜子。我们看到一面墙，一个镜框，是索利亚诺的照片。在镜子中开始出现另外一幅场景：可以听到几乎是歇斯底里的笑声。我们看到一个反射的脸庞，旁边有另一张索利亚诺的脸（更加年轻，发型有所不同）。反射的脸庞消失了。另一张脸正在看着下面，显得兴致勃勃，激动而幸福。索利亚诺的背后有一面白墙，黑色的踢脚板。外面有个楼梯，木头的，通向高处。这个楼梯的台阶、扶手在白色的墙面上投下黑影。在楼梯的一边有一棵歪斜的牧豆树，树影也照在墙上。舞台的下边是黑暗的。索利亚诺弯着腰，他的双手向前伸开着，好像在做什么，却看不清楚在做什么事情。可以听到一些低微而尖惨的喊叫声，好像在黑暗深处正在发生着什么事情。

　　镜头向上升。在高处夹层的门口是艾蕾娜，在太阳光下很清晰。以前波斯特米夏去世那一场景中听到的肖邦的玛祖卡舞曲又一次响起。

艾蕾娜　　（非常恐惧的）费明!

索利亚诺　　（眼睛没有离开他那张桌子）看着它怎么打滚
吧。（他笑了）

艾蕾娜　　（非常疲惫地）你怎么会这么残忍？快放下那个
动物。

索利亚诺　　（在一阵沉默以后）但是如果它已经死了呢?
（突然忘掉所做的事情）注意，埃尔希利亚正在学玛祖卡
舞呢。

又一次出现那面墙壁，那个带装饰的镜框，那面镜
子。飞快地闪过索利亚诺的身影。这个形象消散了，清
楚地看到了树叶，树干和花草丛中的一条林荫大道，一
尊大理石的狄安娜雕像。首先是遥远地，后来是越来
越清晰地听到哀伤的华尔兹舞曲"拉门提"。伊斯梅
尔·拉拉门迪先生——肥胖的，穿着丧服，松软而严肃
的——索利亚诺，艾蕾娜和埃尔希利亚走在郊区的一个
广场上。天还没有黑，但是路灯已经亮了。

有许多人。在广场的中央，那帮人就在一个亭子

里。索利亚诺、艾蕾娜、埃尔希利亚和拉拉门迪走近他们。

拉拉门迪　　我向你们保证，他们招待了我，给了我很多东西。他们很和气，热情，动人，满桌子都是好酒。当我站起来要向他们表示感谢的时候，那激动的心情让我讲不出话来……

索利亚诺　　激动，非常激动。讲的每一句话都是那么富有真情……要是你看到那时的情形就好了，埃尔希利亚。

拉拉门迪　　（带有某种苦涩地）很不幸，我在家里比在朋友们和仰慕者中间更加不容易被说服。（头脑一亮）但是我看见谁了？我看到了这位尊敬的彭斯先生。我正好需要跟他讨论融资问题……（对埃尔希利亚）孩子，你可不要忘了，七点钟他们会到艾利塞奥先生家去找你的。再见了，孩子们。

他庄重地向那群人走去，而那群人没有回答他的问候就径直走了。艾蕾娜、埃尔希利亚和索利亚诺看到了这幅情景。

　　　渐暗淡出。

　　　艾利塞奥·罗哈斯先生家里的餐厅。这是一个大房间，墙壁雪白。桁架结构的天花板，有一根大梁。一张长长的桌子，很多的椅子和一个餐具柜。一把椅子的靠背上挂着一把刀，刀的一端镶着银。

　　　艾蕾娜在镜子面前正在系围裙。然后，她默默地开始摆放桌子，埃尔希利亚在帮她。索利亚诺靠在门框上，手里拿着帽子。他冷漠地抽着烟，看着她们俩。

索利亚诺　　（无话找话地）艾利塞奥先生回来了吗？

艾蕾娜　　回来了，你没看到吗？他的刀还在那儿呢。

　　　一阵沉默。

埃尔希利亚　　（突然地）我们干吗还要装作没有看到他们让我父亲很难堪呢？

艾蕾娜　　你放心，埃尔希利亚。（甜蜜地微笑着）彭斯先生

毕竟不是最后的判决嘛。（严肃地）如果你爱你父亲，他

也爱你，那么其他都没什么关系的。

埃尔希利亚　　你真好，艾蕾娜。但是你怎么能够理解我

呢？你生活的家庭是正大光明的家庭，你怎么能够体会

到我的感受呢？……你要知道，我的父亲是厚颜无耻的

人！每天都会发现他骗人和干下的坏事……而你的父亲，

大家都很尊重他……

艾蕾娜　　（和解的语气）他们是不一样的人，埃尔希利亚。

埃尔希利亚　　这个我知道，艾利塞奥先生是我见过的最正

直的人，他是最受尊敬的人。

　　　　在他们谈话的时候，听到一些狗吠声。索利亚诺走

到窗子附近往外看了一下。

埃尔希利亚　　能够跟你父亲这样的人在一起该是多么幸

福啊！

艾蕾娜　　（一种奇怪的激动）是的，我很幸福。

索利亚诺　　（转过身）他们来找你了，埃尔希利亚。

埃尔希利亚　　太晚了！

　　他们告别了。索利亚诺陪着埃尔希利亚出去了；等到回来的时候，看到艾蕾娜在哭，哭得很伤心。

　　渐暗淡出。

　　成群的马奔向镜头。镜头抬升，从高处展示这些马。这是位于伊斯梅尔·拉拉门迪拍卖行旧址的驯马场。旧址呈现两种不同的风格，这第二种风格开始的地方，有一个圆形的走廊，驯马场在这里一览无余。再往下，在这个驯马场附近的圆形走廊里，有很多的买家。在一个包厢里，伊斯梅尔·拉拉门迪正夸赞准备拍卖的那批马。马场入口附近有一群骑马人，他们带着鞍具和套马绳，其中就有卢纳。在景深处可以看到马棚和马匹。

拉拉门迪　　先生们，请各位关注这批深色的马。这是萨尔顿多先生绝无仅有的一批拉恩卡纳西翁纯种马。先生们，凭着我对未来最透彻而英明的见解，我清楚地知道你们绝不会容许萨尔顿多先生的这批宝马以这么一个，老实说，微不足道的价格出手的。这批马的来头那是无可争议的。母马是著名的拉恩卡纳西翁母马，种马是丧事主办人奥尔洛夫的，他就是人们常说的跟雷科莱塔[1]的所有人都保持亲密无间关系的人。

这时，我们看到索利亚诺正在给卖出去的那批马的买家分发单子。

索利亚诺　　这是你的竞拍人单子，内格罗托警长。

警长　　如果赢不了我就剃光你的头，换上卡波内班长。

索利亚诺走近另外一个人。

索利亚诺　　请拿着你的单子，戈门索罗先生。

索利亚诺挤过买马人群。

_____

1　世界上最著名的十座墓地之一。

拉拉门迪的声音　你别犯糊涂，多布拉斯先生。你的报价是三十五比索？三十五比索！我正在等待，奥特伊莎先生，你是不会让人家得手的，四十比索！四十比索！四十五比索！是多布拉斯先生出的，四十五比索，他得了！

　　　　人们开始离开。索利亚诺走近另一个买家。

索利亚诺　你的单子，多布拉斯先生。（对另一位）你的单子，尼卡诺尔先生，祝贺你买下了。

人群中的一位　（对尼卡诺尔先生）美丽的图比亚大草原，我的建议是你要让它四处飘香而不要搞得支离破碎。

　　　　人走掉了。雇工们被带到了那批深色马所在的地方。索利亚诺走到通往拍卖师包厢的那个楼梯旁。伊斯梅尔·拉拉门迪先生正想往下走，看到索利亚诺便马上转过身去，假装在研读一些本子。索利亚诺走上楼梯，与拉拉门迪面对面。拉拉门迪叹了口气，用手绢擦干额头的汗水。他拍了一下索利亚诺。索利亚诺不友好地看着他。

索利亚诺　　再也没什么可以抱怨的了，伊斯梅尔先生，今天你可有钱进账了！

拉拉门迪　　太棒了，年轻的朋友，太棒了。这批马可真是物有所值，出价流畅，敲锤定音的人不仅谦虚，还绕过了最危险的暗礁。今天这个拍卖会将深深地印在你的记忆里。

索利亚诺　　那当然，我将永远不会轻易忘记你给我还钱的那一天。

拉拉门迪　　你不要再跟我谈钱的事情，你知道一切都在你的掌控之中。你不要忘了，是你在赌博中赢了，你把钱借给我，只是想让我还给你更多的钱。

索利亚诺　　我几乎宁愿放弃要你还我更多钱的想法。你就欠多少还多少吧，这样咱们谁也不欠谁，平了。你别讲那么多废话，我都烦了。

拉拉门迪　　（假装镇静自若）真是对焦不好，对焦不好，就像现代摄影家常说的那样。我面对的事业，我绝不会放弃，直到它取得圆满的成功。我们的钱要让它变……要适应……要为它寻找出路……

索利亚诺　　（惊慌地）你现在给我来这么一出？（气得浑身发抖）如果你不还我钱……如果你不还我钱……

拉拉门迪　　（很快地瞄了他一眼）你可以把我杀了，然后就此告别这笔钱，你也收不到……

索利亚诺　　（退让一步）我要的只是钱。

拉拉门迪　　钱你会有的，钱你会有的。

索利亚诺　　那什么时候呢，伊斯梅尔先生？

拉拉门迪　　（控制住了局面）你这又搞错了！我们不能用一个日期来束缚我们。

索利亚诺　　（几乎在抱怨）但是我急需用钱。

拉拉门迪　　（好像同意的样子）你早这样说嘛。在这种情况下倒可以试试换个方向，不过你的帮助也是非常之宝贵的。

索利亚诺　　说句老实话，伊斯梅尔先生，我不懂你是什么意思。

拉拉门迪　　很简单。艾利塞奥先生他不想签字，他总是不情愿地陪着我。我千辛万苦、操劳流汗……现在是时候了，可以给这个罗马工程做个最后的决断了。去把这些设施一把火烧掉，这样就可以拿到一笔保险费。

索利亚诺　　事情有那么糟糕吗？

拉拉门迪　　（伸出一个手臂搭在索利亚诺的肩上）很糟糕，很糟糕。最糟糕的是我不愿意把这个计划告诉艾利塞奥先生。

索利亚诺　　（坚定地）那你就什么也别给他说了，今天晚上我就去把这个地方烧了。（他四处看了看）这些个木头要烧起来了，太好了。

拉拉门迪　　（批评地）我又看到你缺乏耐心了。我可以等你到星期一。在祷告弥撒以后一个人也没有的时候，你就可以放手干了。此外，还有个细节问题需要解决！

索利亚诺　　你就不要再把事情搞复杂了，六点钟，你就让我一个人去吧，我有时间烧这座房子和整个教堂。

拉拉门迪　　我们应该稳妥一点。这样子随随便便本身就是一种危险。如果保险公司产生怀疑的话，那我们就全输了。

索利亚诺　　那你有什么建议？

　　　　镜头从上面对焦驯马场的入口处。在地面上，可看到一个骑马人的影子。然后我们看到这个人，他从马路上慢慢地走进来。从上面，看到一个草帽，披肩和深颜色的马。

拉拉门迪　　（沉思地）需要找一个我们完全信任的人。但是，这个人要看上去跟我、跟艾利塞奥先生都没有任何关系。

　　　　镜头再一次对焦骑马人。他下了马，把马匹拴起来。我们没有看到他的脸。

索利亚诺　　那就找卢纳好了。

拉拉门迪　　完全正确。他对他很反感。他们之间有纠纷，而且艾利塞奥先生曾经把他赶走，搞得他灰溜溜的。

索利亚诺　　这个人，每次酗酒就发誓要挖掉艾利塞奥先生的肝肺。

　　　　两个人正在密谋，在他们的身后，出现了一个令人生畏的陌生人：彭夏诺·希尔维拉。

希尔维拉　　（面对着拉拉门迪，拉拉门迪正惊慌地盯着他）根据门上那几个字母的意思，我敢打赌这里就是艾利塞奥·罗哈斯先生的家。

拉拉门迪　　（恢复镇定自若）这里是伊斯梅尔·拉拉门迪的家，为您效劳。

希尔维拉　　这么说，先生，您就是能够告诉我什么地方可以找到罗哈斯的最合适的人啰。

拉拉门迪　　你经常下午过来，是有什么生意要跟他做吗？

希尔维拉　　生意？没什么大的生意，个人私事倒是真的。

拉拉门迪　　我完全明白。先生是否愿意留下尊姓大名呢？

希尔维拉　　当然可以，你就告诉罗哈斯，是彭夏诺·希尔维拉想见他。

拉拉门迪默默地看着他。然后，他好像做了一个决定。

拉拉门迪　　我会告诉他的。(思考着)我很久以前曾经认识一个叫希尔维拉的，但他不是当地人。

希尔维拉　　我也不是这里的人。(仔细地打量着拉拉门迪)我是胡宁人。

索利亚诺　　(有一些不耐烦)很显然这位先生不是首都的人。

他们好像都没有听到似的。

拉拉门迪　　喔，我一直非常敬仰贝尔特兰。

希尔维拉　　我的兄弟到布宜诺斯艾利斯来的时候还是个孩子，他们残忍地把他杀了，请告诉罗哈斯，就说有个人不会忘记这段历史。

渐暗淡出。

镜头对焦蓝天，白云，然后是一些树枝，然后是树
枝丛中的埃尔希利亚。

埃尔希利亚　　那边又来了一个讨债的。

她给在树底下的艾蕾娜扔了几个苹果，艾蕾娜摊开
围裙接着。离她们不远的地方，费明·索利亚诺坐在地
上，正在嚼着一些草。

索利亚诺　　（对艾蕾娜）保单……保单在你父亲手中，或许
已经交给伊斯梅尔叔叔了？

艾蕾娜　　（不信任地）我不知道你想了解什么事情？我觉得
挺奇怪的。

索利亚诺　　这有什么奇怪？

艾蕾娜　　所有的一切都奇怪，你急不可耐地要兑保险，还
有你的好奇心……

这时，埃尔希利亚从树上下来了。

埃尔希利亚　　你不要那么虐待可怜的费明嘛。

艾蕾娜　　（宽容而温柔地看着她）对不起啊，我忘了他是最完美的人。

埃尔希利亚　　（有点着急地）为什么你们不告诉我该怎么办？我去还是不去我阿姨家呢？

索利亚诺　　（冷淡地）如果你已经讲好要去的话……

埃尔希利亚　　我是答应过他们的，但是天黑了，我就不喜欢一个人回家。

索利亚诺　　要不是今天我特别忙的话……我现在需要把艾利塞奥先生的表送去修理……（他展示那块表，是一种带盖子的厚实的怀表）晚上我还要跟朋友们商量点事情。

埃尔希利亚　　（无可奈何地）好吧，那就等下一次吧。

艾蕾娜　　太不像话了，费明，快撂下你那些不三不四的朋友，去陪陪埃尔希利亚吧。

埃尔希利亚　　（想了一会儿）还是不陪我为好。你是知道的，阿姨家就那样：他们总会把事情往歪里想。

索利亚诺　　（吐掉口中正在嚼的草，突然面对埃尔希利亚）你看啊，你阿姨和姨夫怎么会知道你几点钟离开他们家呢?

埃尔希利亚　　（暗暗自喜）七点钟，六点三刻。（有点后悔）但你还是不去为好。

索利亚诺　　七点钟我等你，在桥附近。

　　　　埃尔希利亚摘下一朵花，挥了挥手，离开了。

　　　　渐暗淡出。

　　　　我们看到艾蕾娜，正在锁铁栅栏门。光线变了，到傍晚了。艾蕾娜向前走了几步，镜头对焦她的脸，突然露出惊讶的神情。

艾蕾娜　　费明，你要来不及了。

索利亚诺　　什么来不及了? 干什么?

艾蕾娜　　（不太明白地）当然是去接埃尔希利亚啰。

索利亚诺　　接她? 我不去，她又不会丢。

艾蕾娜　　但是她可能在等你呢。

索利亚诺　　你明明知道我答应她会去接她，就是为了让咱们俩现在能够单独待会儿。

艾蕾娜　　（很严肃地正面看着他）费明·索利亚诺，你肯定
　　是疯了。

索利亚诺　　疯了？是的，我是疯了。我渴望能把你抱在我
　　怀里，我简直要疯了。

　　　　他想抱她。争执中，她头上的发夹掉在了地上。镜
　　头对焦发夹，然后又从发夹扩展到一个刚来的人影。这
　　是一个男人的身影，手中牵着一匹马的缰绳。

　　　　镜头很快地对焦索利亚诺，他用手臂遮着自己的眼
　　睛。然后，手臂放下，我们看到斗鸡场的那面镜子中索
　　利亚诺的身影。索利亚诺正看着镜子中自己的身影，他
　　高度兴奋，因为他为自己将要干的大事而恐惧，同时也
　　因为他喝了点酒。

索利亚诺　　不，我不想回想起自己。我曾经发誓不再回首
　　往事。艾利塞奥·罗哈斯曾经侮辱过我，折磨过我。艾
　　利塞奥·罗哈斯曾经命令我跪在艾蕾娜面前，逼我向她
　　道歉。后来他又当着艾蕾娜的面打我的耳光。不过我曾

经发誓不再去回想这件事。以后，我会再回忆这件事的。今天晚上，就在今天晚上。

渐暗淡出。

透过一扇窗子，透过大马士革花缎窗帘上附着的抽纱绣花，我们看到一条平静的大街，偶有几幢稍高一点的房子。费明·索利亚诺骑着他的黑白混色马到了。镜头后退。我们在伊斯梅尔·拉拉门迪先生家的大厅里（红木家具，一架钢琴，柱子上面有些小的铜饰，一些盆景，一幅油画，上面有阿拉伯人和金字塔）。拉拉门迪、希尔维拉和卢纳正坐在那儿讨论问题。

卢纳　　（正在结束一句话）……最最奇怪的是这个莫拉莱斯，好像他不认识艾利塞奥先生。这是我观察到的情况，我是这样理解的。

拉拉门迪　　（思考着）不过你自己说过要找他算账的。

希尔维拉　　这没有什么特别的。（坚定地）我也不认识艾利塞奥先生，我也在找他呢。

索利亚诺进来了。

拉拉门迪　　（想要呼吁什么，又停住了，然后，控制住自己的情绪）很显然，我的家由于你们各位的光临而特别荣耀。但是，我必须承认：这里开这样的会，会不会是……一种不谨慎的行为？

希尔维拉　　（镇定自若地）是的，会把你卷进去，所以这很好啊。

拉拉门迪　　（受伤害的样子）很好，很好，我可什么也没说啊。

索利亚诺　　（进攻性地）当然非常好，在天亮之前，大家都要更多地参与。

卢纳　　（对拉拉门迪）既然会把别人牵连进来，那就别考虑那么多了。首先叫我吧，就让我去点火烧房子好了，然后……

拉拉门迪　　（重新镇定下来）谁也不会强迫你跟着我们干。

卢纳　　我没有说我不愿意跟着你们干。艾利塞奥先生当初把我赶出来时，我就发誓要杀了他。但是老实说，我希望是一次干干净净的复仇，而你却把我卷进了犯罪。

      镜头退回走廊，通过一扇开着的门，聚焦卢纳；然后镜头迅速转到楼梯，转到底楼，聚焦埃尔希利亚卧室的门。艾蕾娜正在梳头，坐在化妆台的镜子前面。埃尔希利亚坐在床边，正在试穿跳舞的鞋子。床是白色的铁床，上面有很多的叶子和宝石嵌花饰物。有一张放灯的桌子，带镜子的衣橱，洗手间，有陶瓷大罐和面盆，时装模特假人，圣烛节的大蜡烛。床头还放着一本《玫瑰经》。桌子上放着拉拉门迪年轻时的照片，还有一位女士的照片（毫无疑问就是埃尔希利亚的母亲）。埃尔希利亚站起身来点燃气灯的喷嘴。

艾蕾娜   （漫不经心地）你父亲很早就回来了吗?

埃尔希利亚   大约一刻钟前进屋的。我早就想看到他了。

    我很担心他。

艾蕾娜   今天早晨我看到他情绪非常好。

埃尔希利亚   爸爸装的。我知道事情很糟糕。

一片寂静。

艾蕾娜　　我明天就回家去，埃尔希利亚，我不想成为你们
　　　　家的一个包袱。

埃尔希利亚　　别发疯了。你怎么可以认为我刚才对你说的
　　　　是这个意思呢？你知道咱们俩就像亲姐妹。

　　　　埃尔希利亚站起身来，把双手放在艾蕾娜的肩上，
　　双方在镜子中微笑了一下。

艾蕾娜　　（甜蜜而忧伤地）当然是的，埃尔希利亚。请原谅
　　　　我。我在这里跟你们在一起非常幸福，但是……（紧张
　　　　地笑了）我感到很难为情……

　　　　艾蕾娜微笑了，眼睛中含着眼泪。静音，埃尔希利
　　亚在询问她。

艾蕾娜　　前天，当我离开家的时候，我当时觉得自己是那么

勇敢。但是在事情发生了以后，我发誓再也不能这样了。现在我明白了，我不能没有爸爸。（她弯下腰，双手捂着脸。）

埃尔希利亚　　（充满母爱地）好吧，那明天你就回家去吧。但是不要哭。必须漂漂亮亮地去跳舞。

艾蕾娜　　你知道，我真的不想走……

埃尔希利亚　　我们都不能让爸爸失望。我们相处得非常好。

艾蕾娜　　你说得对。（故意很热情地）你看，有一束花会对你很合适。我现在就去花园给你摘。

艾蕾娜下了楼梯，走过大厅门前时她停下脚步，看到了那些搞阴谋的人。她怀疑地看了他们一眼，继续她的脚步。镜头重新回到了大厅。

拉拉门迪　　（解释着）先生们，大家都同意吗？我们的目标不应该超出拿到这个保险单。找到它，得到它，把保单拿过来。（请求的口吻）特别是不要有暴力行动，一点都不能有……

希尔维拉　　（断然地）这种花招想骗谁呀？既然你把我们弄

进了舞池，那事情就只能顺其自然。

拉拉门迪　　我服了，我服了。我放弃跟年轻人再争论下去。
（思考着）我本想给你们树立一个小心谨慎的榜样，整整
一天都待在家里，而现在你们却根本不听我的。

卢纳　　真好笑，跟这些必须面对罗哈斯这样强手的基督徒，
还谈什么小心谨慎。

索利亚诺　　（暴躁地）我知道我们要去面对他！我不希望你
们再提这个人！（他从口袋里拿出一块怀表，用厌恶的
神情看着它）带着他的表走路我都会感到恶心，我要把
它扔了。

卢纳　　（思考着）如果你现在只要一想到就会这样子的话，
那么等到罗哈斯出现，他要把你宰了的时候，你又会怎
么样呢？

希尔维拉　　（调解地）这块表给了我一个点子，（对索利亚
诺）如果你没有什么意见的话，这块表可以借我一用。

索利亚诺　　我还要它干什么？你拿去吧！

镜头转过来，向我们展示索利亚诺把怀表从链条上

卸下来，并把它交给希尔维拉。景深处，艾蕾娜手里拿着鲜花从花园里回来了，她惊讶地看着这个情景。

渐暗淡出。

已经到了晚上，看到一座房子的正面，阳台正对着大街，两侧有院子，灯光照得很亮，有许多人，听到一个乐队在演出。门口有人在收门票。莫拉莱斯不动声色地看着，抽着烟。他走近一辆马车。

莫拉莱斯　（对车夫）请问，先生，这地方怎么进去啊？

车夫　（坐在位子上，鄙视地）没有门票，看门的人也进不了。

镜头接近大门，可以听到音乐声，看到第一个院子，有许多煤油灯照着；三角旗和彩纸花做成的彩带横跨院子，张灯结彩，一对对的舞伴正在跳舞。伊斯梅尔·拉拉门迪在院子里跟索利亚诺讲着话。一会儿，他给看门人使了个眼色，索利亚诺离开便朝里边走去。莫拉莱斯利用看门人走开的空当进了院子，刚走了几步，便觉得有人抓住了他的胳臂。

拉拉门迪　　我真有眼福啊。你过来，年轻朋友。

　　莫拉莱斯看了他一会儿，感到迷惑不解，然后就跟着他。他们从一对对的舞伴中间穿过。拉拉门迪很起劲地谈着，一边不时地停下来打着招呼。来到了第二个院子，他们走近一张白色的桌子，是铁的，艾蕾娜·罗哈斯和埃尔希利亚·拉拉门迪就在那里。

拉拉门迪　　（介绍两位女士）这是我的侄女艾蕾娜，我的女儿埃尔希利亚，这位先生是……

　　有个年轻人想邀请艾蕾娜跳舞，拉拉门迪有些匆忙地拦住了。

拉拉门迪　　（有礼貌地）先生，您会原谅她的。我侄女今天有点不舒服。

　　他一边说一边粗暴地抓着艾蕾娜的手。艾蕾娜非常惊讶，看着他。

埃尔希利亚　（她没有看到发生的事情）艾蕾娜，你脸色很
　　　　　不好，怎么了？

拉拉门迪　（不安地，殷勤地）那些年轻人到哪儿去了？谁
　　　　　去搞点清凉饮料给两位女士呀？

　　　　　莫拉莱斯用无可奈何又略带嘲笑的目光看着这一
　　　切。过一会儿他走了。他问了一个人后，再次从一对对
　　　跳舞的人中间穿过。可以看到舞会的场景。
　　　　　在自助餐厅里有一些人，其中就有彭夏诺·希尔维拉。

莫拉莱斯　（靠在柜台上，对接待客人的小伙子说）师傅，
　　　　　请你给那张桌子送四杯柠檬水好吗？

希尔维拉　（对着小伙子，没有看到莫拉莱斯）给她好了，
　　　　　小伙子，给她。你不要管我，放心便是。如果不给她们
　　　　　柠檬水接接力的话，她们会昏过去的。

莫拉莱斯　（对着服务员，没有看希尔维拉）是什么时候开

始允许醉鬼在人群里走来走去的？

希尔维拉　（对着已经很害怕的服务员）从没见过的倒是一些靠柠檬水长大的毛头娃娃，已经自认为是大人物了。

莫拉莱斯　（对着希尔维拉，平静地）给柜台上的那个人放个小假去，如果不怕着凉的话就让他到外面去吧。

希尔维拉　（看了一下艾利塞奥先生的怀表，不动声色地）你看，十点钟都过了，现在我有要紧的事要办，不过十一点整，我会在桂冠庄园大门口等你的。你知道吗？在欧洲大街。

莫拉莱斯　十一点钟到欧洲大街，对吗？我觉得即使给我奖赏我也找不到你的。

希尔维拉　你别瞎想，小鬼。（把表拿下来，交给莫拉莱斯）我把表借给你。（背对着莫拉莱斯，他走了）

　　莫拉莱斯看了一下表，表盖上刻有 E.R.
　　镜头对着桌子。莫拉莱斯到了。

拉拉门迪　我总算见到你了！谁知道是什么美女把你给缠

住了！

莫拉莱斯　　（面对着大家）美女？有个最难搞的酒鬼倒是真的。

艾蕾娜　　（很难过，看着莫拉莱斯的眼睛）他们肯定干过一仗。

莫拉莱斯　　（走近她，很热心又很惊讶）你是不是觉得我若是个胆小鬼反而更好？

艾蕾娜　　（简单地）你是胆小鬼吗？

莫拉莱斯　　（微笑着）我觉得不是。

艾蕾娜　　既然这样，一个醉鬼的意见又关你什么事呢？

拉拉门迪　　好样的，好样的。终于像个女人了。艾蕾娜站在勇敢一边了。

艾蕾娜　　（好像没有听到这句话似的）对于你们这些男人，好像只有什么胆小和勇敢似的。生活中还有其他东西呢。

莫拉莱斯　　是的，可是到现在为止，我几乎还没考虑过别的东西。你讲的应该有道理，也是第一次有人这么跟我讲话。

听到肖邦的玛祖卡舞曲。莫拉莱斯和艾蕾娜陷入沉思。

莫拉莱斯　　这首乐曲把我带进了一段回忆。

艾蕾娜静静地听着音乐。

艾蕾娜　　我想，我也一样。

莫拉莱斯　　（好像自言自语）那不是一个很遥远的记忆。

艾蕾娜　　我的记忆比较遥远。太遥远而使我无法企及，不
　　　　过我知道曾经十分残酷。

莫拉莱斯　　我是那天晚上听到这音乐的，是我面对着一位
　　　　死去的男孩时听到的。

艾蕾娜默默地看着他。

莫拉莱斯　　你想起了什么？

艾蕾娜　　我还没有完全回忆起来，那是一些令人痛苦的、
　　　　残酷的事情。

短暂的沉默。

莫拉莱斯　　（换一种语气）我知道，下一次再听到这音乐的

　　　　时候，我就会回忆起我是跟你一起听到的，是我们一起

　　　　听到的了。

拉拉门迪　　（对莫拉莱斯，保护者的口吻）你的品位肯定不

　　　　错，你一定把这座豪华庄园的美妙之处都欣赏遍了。

埃尔希利亚　　更像是一个家族的私宅而不是社交俱乐部。

拉拉门迪　　这里本来就是阿连德家族的庄园。（对莫拉莱

　　　　斯）你看到院子里的橘子树了吗？

　　　　有人邀请埃尔希利亚跳舞。

拉拉门迪　　（用手指指着）从那边你们可以看到的。

　　　　艾蕾娜和莫拉莱斯站起身，穿过门厅来到第二个院

　　　　子，这里有个水井。在另一个门厅的深处，又看到一个

　　　　院子，橘子树就在那儿……

艾蕾娜　　咱们可以去那儿吗？

　　　　莫拉莱斯挽起艾蕾娜的手。两人继续走着。最后那个院子是泥土地，周边是深色低矮的门。这个地方初看起来，似乎是荒地。后来看到一个黑人老太太，蜷缩在一张长凳上，像是一堆物体，一动也不动。她在月光下编织着什么。艾蕾娜和莫拉莱斯走过来。老太太并没有看他们俩。

艾蕾娜　　（惊讶地）你在织什么呀？

女人　　（甜蜜地）我也不知道，孩子。

艾蕾娜　　你是阿连德时代的人吗？

女人　　是的，经过了那么多年，我觉得又好像什么也没经历过一样。

　　　　他俩惊讶而怜悯地看着她。

女人　　我不知道我发生了什么事情，也不知道我是谁，但是我知道别人会发生什么事情。

莫拉莱斯　　（宽容地）行啊，老太太，那么我们将会发生什么事情呢？

女人　　你们两位已经可以说是"我们"了，尽管你们在重新相会之前还会受很多的苦。

　　　　艾蕾娜和莫拉莱斯相视而笑。

女人　　这个女孩将会失去一切，但又会得到一切。这个男孩将得不到他寻找的东西，他会发现更好的。除此以外，你们不能再问我什么了，因为我看不到更远的事情。

莫拉莱斯　　谢谢你，夫人，这是给你的一点帮助。

　　　　在老太太的裙子上丢下一块银币。他们俩走远了。老太太没有看他们俩。那块银币掉在了地上。

　　　　他们回到了第一个院子。人们已经在跳舞。莫拉莱斯弯下腰，他邀请艾蕾娜跳舞。他们跳着舞，穿过明亮的地方，昏暗的地方，穿过葡萄架下，来到了一个种着桉树的花园。听上去音乐已经变得十分遥远。

莫拉莱斯　　（非常平静地赞叹）隐居在音乐声中是多么美妙啊！

艾蕾娜　　（分享着这股热情）忘掉我们是什么人，只是去感受这个夜晚和音乐。

莫拉莱斯　　忘掉你自己的命运，忘掉曾经的和将来的一切。

他们来到一个长满茉莉花的花园，莫拉莱斯摘了一些花送给了艾蕾娜。他们缓慢地往回走着。

艾蕾娜　　（闻着茉莉花）这样的芳香要是能够一辈子都享受该多好啊！

莫拉莱斯　　这样美妙的时刻要是能够享受一辈子该多好啊！

镜头离开莫拉莱斯和艾蕾娜。纤柔深情的音乐现在变成了一支探戈舞曲。人们围着一对勇敢的情人，他们做着激越奔放的动作。卢纳也在观众中间，看着看着他已经着迷了。

卢纳　　现在事情越来越好了。

在一个角落，在孤零零的一张桌子旁，费明·索利亚诺正在喝着什么。希尔维拉向他走近。

希尔维拉　　你一个人在这里胡思乱想，饮鸩止渴那是自寻烦恼，每个晚上你都应该开心自乐。

　　　　一阵掌声告诉我们舞者已经跳完了。舞者向大家致谢。

卢纳的声音　　嘿，公牛们，嘿，有理想、有才干的人们。

　　　　现在大家都出来跳舞了，其中有艾蕾娜和莫拉莱斯，他们走过大门附近，看到有一群人正准备出去，其中有一个女孩还向艾蕾娜挥了挥手，向她问候，艾蕾娜叫她等一等。

艾蕾娜　　（对莫拉莱斯）我想叫那女孩办件事，你在那张桌子等我一下好吗？

　　　　艾蕾娜走近那群人。莫拉莱斯回到那张桌子，坐下来等待。乐队奏起了华尔兹舞曲。

　　渐暗淡出。

　　艾蕾娜和那群要出去的人一起去密谈了。

　　渐暗淡出。

　　莫拉莱斯坐在桌子旁，他看了看表。（为了表示时间已经过去，乐队可以正在结束一个探戈舞曲。）莫拉莱斯站了起来，他边四顾寻找艾蕾娜，边走到门口。他跟门卫聊了几句。回来的时候碰到了埃尔希利亚。他们聊起来了，起初听不到他们的讲话。

埃尔希利亚　　真奇怪！

莫拉莱斯　　是的，她叫我等一下的。我不想跟她不辞而别，但是我现在又有急事。

　　渐暗淡出。

　　莫拉莱斯来到桂冠庄园门前。

莫拉莱斯的声音　　（沉着地）你们记住，在苦难和羞辱的时刻，是我给自己立下了跟艾利塞奥·罗哈斯决斗的使命。现在命运将要赐给我一直在追求的东西。（停了一下）我很想考虑我要决斗的事，但是我确实一直思念着艾蕾娜。

一片静寂。

渐暗淡出。

看到莫拉莱斯正行走在郊区房子和荒地中的一条马路上。

莫拉莱斯的声音　　但是艾利塞奥先生没有来，我决定到他家里找他去。

莫拉莱斯沿着一条非常宽阔的路走着，两边是农田。远处有一丝灯光，是一家店铺，很小，很简陋。莫拉莱斯进去了。在柜台旁，孤零零的一位吉他手，几乎不理会刚进来的人，正在结束一首曲子：

但是我还要说没有哪个地方
能比得上鲜花般的卡门。

这时：

莫拉莱斯　（对正在整理瓶子的店主）老板，来一杯桃子汁。

吉他手　　广袤大地我曾经走遍，

　　　　　　　走过见过所有的地方。

　　　　　　　我看到了莫龙和罗伯斯，

　　　　　　　看到了圣胡斯托的羊皮书，

　　　　　　　看到了奇维科依的圣依希特罗，

　　　　　　　还有圣尼科拉斯和多洛雷斯。

　　　　　　　只有卡库埃拉斯和巴拉得罗，

　　　　　　　稍稍觉得好一点。

　　　　　　　但是我还要说没有哪个地方

　　　　　　　能比得上鲜花般的卡门。

　　　　　　　恰斯科木斯是美丽的地方，

　　　　　　　基尔梅斯犹显它的优雅。

　　　　　　　阿苏尔蓝村很有意思，

　　　　　　　令人兴奋的拉克鲁斯

体验着富饶又精致，
只有卡库埃拉斯和巴拉得罗，
稍稍觉得好一点。
但是我还要说没有哪个地方
能比得上鲜花般的卡门。

我在圣佩得罗待过一段时间，
也在萨尔托和布拉加多逗留。
我还到过纳瓦罗小镇，
更到过圣文森特和莫勒诺。
梅赛德斯是个新地方，
那里的居民也很多，
也是最好的地方之一，
我喜欢它，我不否认，
但是我还要说没有哪个地方
能比得上鲜花般的卡门。

店主整理完那些瓶子以后，给莫拉莱斯倒了一杯饮料。莫拉莱斯慢慢地喝了起来。

莫拉莱斯　　（对店主）你能不能告诉我，先生，艾利塞
　　　奥·罗哈斯先生是不是住在这儿附近？

店主　　说得对，离这儿六条马路，住在山冈上，那是一座
　　　庄园。

莫拉莱斯　　谢谢。（漫不经心地）艾利塞奥先生是高个子，
　　　有黑色八字胡的吗？

店主　　高个子，我同意，但是他没有胡子。他是个很威严
　　　的人，额头上有个疤。

吉他手　　贝尔格拉诺是游乐胜地，

　　　　　塔帕尔肯也优势不减。

　　　　　而我喜欢奇维科依不假。

　　　莫拉莱斯走了。他沿着山坡走去。可以听到蛙鸣。
他走过一条小河上的木板桥。他慢慢地上着坡。周围有
好多的树。他拉开铁栅栏，穿过一个踩得乱七八糟的花
园。在道路的一侧，莫拉莱斯看到一匹很漂亮的马死

去。他朝房子那边看去，看到一座高高的磨坊，听到石磨转动的声音。他来到屋里，上了过道里的木楼梯。透过门缝看到一些亮光。他敲门。没有人回答，他就开了门。透过一张桌子上煤油灯的灯光，他看到艾利塞奥先生已经死了。

莫拉莱斯的声音　　那边地上躺着的男人就是我要找的，就是我一直想跟他决斗的那个人。现在我看到他已经死了，觉得自己是最没意思的人，最没用的人。我为此有些悲伤。

　　莫拉莱斯慢慢地走向前，不时地左顾右盼。听得到木地板上的脚步声。镜头扫了一遍这个有些被抛弃的屋子。但是这里仍然留着死者生活过的气息：马黛茶，马黛茶叶罐，一扎信件……

　　听到一个女人的喊叫声，它从深处传来。莫拉莱斯走过去。他穿过有洗衣缸的屋子，来到一个宽阔的空间，这里有一棵无花果树。他走到一间白色的棚屋，下面有黑色踢脚线，屋顶有两个坡面。他从边门进去，右侧的尽头是汽车的出入口。月光透过一个天窗照亮着棚屋的中部。再往右，有一个牲口棚，里面有一匹马。牲口棚有个木栅栏和一个饲料槽。左侧有一把犁，一台脱粒机。在牲口棚附近的那面墙上，挂着全套的马具。再往里可以看到一辆四轮大马车，一辆四轮平板大车，一辆马车。艾蕾娜和费明·索利亚诺正在大门附近争斗着，莫拉莱斯把艾蕾娜救了出来，然后去面对企图逃跑的费明。

艾蕾娜　　（非常疲惫）让他去吧，看到他我就恶心。

　　　　索利亚诺走了，走远了。

艾蕾娜　　（靠在莫拉莱斯的手臂上）陪陪我，我父亲在家里，他已经死了。

　　　　他们走出棚屋。

艾蕾娜　　（哭了起来）他倒在地上，到处是血。

　　　　他们来到家里，来到艾利塞奥先生躺着的房间。艾蕾娜用双手捂着脸。莫拉莱斯背对着镜头，他面向尸体弯下腰，把尸体抱起来，走向透过一扇虚掩的门能够看到的那个卧室。

　　　　渐暗淡出。

　　　　索利亚诺拉开铁栅栏。他没有抬头，径直朝马路右侧的树林走去。有两匹马拴在那儿。其中一匹是黑白混色马。索利亚诺把它解开，用手摸了一下额头，骑上马，匆匆朝城里奔去。就要通过木板桥的时候，他停住了马，把手伸进西装背心的内袋，取出卢纳那把刀，看了一下便把它抛进了水里，然后骑着马飞奔而去。

　　　　渐暗淡出。

　　　　在餐厅里，莫拉莱斯拿着一个陶瓷大壶，倒了一杯水，递给了艾蕾娜。她看上去非常疲惫而悲伤。

莫拉莱斯　　这么说，你就是今天下午离开家的？

艾蕾娜　　（慢慢地喝了口水）是的，这事太恐怖了。

　　　　渐暗淡出。

　　　　镜头对焦掉在地上的那个发夹。正在走过来的身影越来越高大。是个牵着马的男子的身影。

　　　　费明·索利亚诺在跟艾蕾娜争斗，看到艾利塞奥·罗哈斯先生回来了。

　　　　景深处，一条小河，上面有一座很宽的桥。

艾利塞奥先生　　（穿着燕尾服，长裤，靴子。他捡起那个发夹，把它交给艾蕾娜）孩子，他们找你麻烦了？

　　　　索利亚诺放开艾蕾娜。艾利塞奥先生面对索利亚诺。

艾利塞奥先生　　你这个捣蛋鬼是什么人？竟敢不尊重艾蕾娜？

索利亚诺　　我没有对她不尊重，我也不是捣蛋鬼。

艾利塞奥先生　　那你为什么没有像个男人一样保护她？

索利亚诺　　您不要逼我跟您决斗，艾利塞奥先生。您是艾
蕾娜的父亲。

艾利塞奥先生　　你是不可能轻易逃出我手心的，你现在就
得向艾蕾娜请求原谅，就像在教堂里一样，跪着。

　　　　索利亚诺看着艾蕾娜。他重重地下跪了。

索利亚诺　　艾蕾娜，我现在请求你原谅。

艾蕾娜　　（害怕地）好的，当然……我原谅了，你起来吧。

艾利塞奥先生　　（非常温柔地对艾蕾娜）咱们一点点来解
决，孩子。（对索利亚诺）你这样子我喜欢，现在轮到我
了。（打他的耳光）

　　　　索利亚诺既不退缩，也不自卫。

艾利塞奥先生　　（笑着对艾蕾娜）你满意了吗？你看到我怎
么把他逼得走投无路了吗？（对费明）现在我想起来了，
你去把那匹深栗色的马给我仔仔细细地收拾利索了。

艾蕾娜　　（愤恨而鄙视地）我不知道你们哪一位更叫我恶心，我不想再看到你们。

　　　　渐暗淡出。

　　　　镜头又回到了艾蕾娜和莫拉莱斯身上。（为了表示时间的流逝，他们应该改变一下位置）

艾蕾娜　　我决定到埃尔希利亚家去，她就像是我的姐姐。但是我一直很担心我的父亲。担心费明和他的朋友们可能要做的事情。我看到一件非常奇怪的事情，看到费明把我父亲的一块怀表交给了一个陌生人。我感觉他们正在谋划着什么。

莫拉莱斯　　（恍然大悟）所以你离开舞场到这儿来了……

艾蕾娜　　（带着甜蜜和微笑）是的，我撇下你一个人，请你原谅。我看到一群人要出去，我就趁机跟他们一起离开了。等我到家的时候已经很晚了，但是灯还亮着。（场景渐暗，我们看到艾蕾娜正在走上过道的台阶。我们还能听到她的声音）我敲了门。

同时也看到她走近过道的门，然后敲门。艾利塞奥先生开了门。

艾蕾娜　　爸爸，现在你就起床啦！

艾利塞奥先生　　我一直在等你呢，艾蕾娜，我就知道你会回来的。

艾蕾娜　　幸好我回家了，自从我离开这个家以后，就一直想着你，爸爸。

艾利塞奥先生　　我也一直想着你，然后再想到我自己。我一直以为只要能做个男子汉就足够了。但是今天你把我扔下了，我开始明白了，到了我这把年纪，生活并不那么简单。

艾蕾娜　　我就喜爱你现在这个样子。

艾利塞奥先生　　我也很想改变，但是我对自己说，现在再想做另外一种男人已经太晚了。

艾蕾娜　　谁也不能选择自己的命运，爸爸，你还得继续斗争、生活。

一阵寂静，外面的狗在狂吠。

艾利塞奥先生　　今天是最痛苦的一天：我都以为已经失去了你的爱。

　　　　狗吠声已经越来越近了。

艾利塞奥先生　　（慢慢地走向大门）哎，艾蕾娜，我想叫你把圣塔里塔庄园的花木修剪一下。

　　　　艾利塞奥先生打开门。他停了一下，然后又继续走向楼梯。我们看到他在高处的侧影。

希尔维拉的声音　　（从外面）这是贝尔特兰·希尔维拉给你的信。

　　　　听到两声枪响。艾利塞奥先生倒在楼梯上。灯光下闯入的有彭夏诺·希尔维拉、赶牲口人卢纳和费明·索利亚诺。

希尔维拉　　费明和你，卢纳，快把死人抬进去。

索利亚诺和卢纳执行了这个命令。希尔维拉走到房间里，手里拿着驳壳枪。看到艾蕾娜，便转身面对卢纳做了个手势。

　　艾蕾娜的眼中看到卢纳抓着鞭子的下端，挥舞着，鞭打着前进，整个舞台变暗，然后又开始看到一些轮廓，就像是透过浑浊的水看到的一样。然后可以看到一些近处的、巨大的东西：刺客的一只脚；已经抬进去的艾利塞奥先生的一只手，一张桌子的抽屉，已经被翻得乱七八糟，地上还有烟蒂。传来一些声音，先是模糊的，然后越来越清晰。

希尔维拉　　看来保单并不在家里。

卢纳　　拉拉门迪来了又不知道会怎么说了！

索利亚诺　　他肯定会说是我们把保单藏起来了，好卖钱。

希尔维拉　　（讥讽地）等到他过来？

　　艾蕾娜躺在地上，透过眼缝看到索利亚诺和希尔维拉正在查看桌子上的纸张。

索利亚诺　　保单不在。拉拉门迪会不会已经把我们出卖了？

希尔维拉　　有可能这几天他来过，把保单偷走了。（*停顿了一下*）我越来越觉得再等他也没用。

卢纳　　您可能已经看到了，老板，您要不要我现在就去把他带过来？

希尔维拉　　一点也用不着。你们就待在这里，我直接去处理拉拉门迪的事，万一他来的话，你们就把他扣住，等到我回来。

索利亚诺　　你一个人去吗？

希尔维拉　　（*严肃地*）如果我需要帮忙的话，我会给你吹口哨的。（*友好地微笑了一下*）

　　索利亚诺紧张地笑了一下，送希尔维拉到门口。可以看到艾利塞奥先生深栗色的马还拴在木栅栏上。希尔维拉拉开木栅栏，走了几步便消失在马路的右侧。然后，他骑着马远离了。费明的目光跟着他直到他消失。然后他走下过道楼梯的台阶，取出驳壳枪，走近深栗色的马。

马紧张地后退了几步：索利亚诺拍拍它的脖子和前额。

索利亚诺　　啊，老马呀！现在还有谁来保护你呢？（抚摸马的耳朵）你知道我现在都为你感到可怜吗？

他把枪口搁在马的两只耳朵之间，开枪，马倒下了。

卢纳从门缝里一直在看着这情景。艾蕾娜脸色苍白，披头散发，好像被什么东西控制住一样，她不可思议地站了起来，威严地继续走向卢纳。索利亚诺来到门口，惊奇地看着她，非常害怕。

艾蕾娜　　我要用我这双手把你杀了。

她绊了一下，倒地了。索利亚诺把她扶起来。艾蕾娜又瘫软在一张椅子上。

卢纳　　（对费明）这个女孩看到的太多了，把驳壳枪给我。
索利亚诺　　我不会允许你们碰艾蕾娜。

卢纳　　你是她谁呀，还不允许呢？

索利亚诺　　（面对着镜头，缓慢地）我，请上帝原谅，我是费明·索利亚诺，完全是因为怨恨才跟一些恶棍商定要偷东西，要把曾经保护过我的人杀死。我是一个胆小鬼，还一直自以为很勇敢。我是个爱报复、爱说谎的人。我成了最后一张牌，但是我还没有那么卑劣，会同意你杀死艾蕾娜。

卢纳　　（鄙视地）那很好。你把驳壳枪放下，咱们好好谈谈。

索利亚诺　　你看着，卢纳，随便你怎么想我，我也不会为了不被人耻笑为胆小鬼而让艾蕾娜面临危险。（他取出驳壳枪）我现在就把她从这个屋子带走。

　　　　枪口一直对着卢纳，他把艾蕾娜扶起来，托着她穿过一片空地，这里有一棵无花果树。

索利亚诺　　（对艾蕾娜）我去套一辆马车把你带走。

　　　　他们来到马车库。费明点起大门左侧挂在墙上的那盏灯，打算去准备一辆马车。艾蕾娜帮着他。就在他们寻找马具的时候，在大门旁边，卢纳出现了，正在走近灯光。

索利亚诺　　站住，你再往前跨一步我就一枪毙了你。

　　　　卢纳故意慢慢地把灯取下来，把它扔在地上。这个车库的两端都是黑漆漆的，只有中间的天窗透进一束月光。车库的一端是索利亚诺和艾蕾娜，另一端是卢纳。

卢纳　　（从黑暗深处）随你的便，但是我建议你瞄得准一点。你只有三颗子弹，如果打偏了，我就会用匕首把你们俩都捅死，也好让你们俩永远在一起。

　　　　索利亚诺立即开了枪。卢纳的笑声告诉我们索利亚诺没有打中。有很长的一段寂静。有一片云遮住了月亮；车库里一片漆黑。

卢纳的声音　　这个时间不会太长的。

镜头对准索利亚诺。他开始焦虑起来。索利亚诺再次开枪。卢纳的笑声听起来更近了。索利亚诺颤抖了，浑身抽搐，他开了第三枪。卢纳又笑了。镜头对准索利亚诺铁青的脸，然后又离开了他。听到一些脚步声。有什么东西倒了。又一次长时间的寂静。然后被遥远的一声鸡鸣打断。又听到一些脚步声。在发生前面情况的同时，听到了马匹的声响，时而紧张、腾跃，时而静然无声，吃着饲料。

艾蕾娜的声音　（从黑暗深处）他已经死了。

月光又一次照亮了马车库的中心位置。在靠近大门的地方，艾蕾娜跪在地上，旁边躺着一个尸体。索利亚诺，因为恐惧和困乏，从黑暗处冒了出来。他在卢纳面前停下脚步，一动不动地看了他好一会儿，突然用脚使劲踢他的脸。

索利亚诺　（抽搐的身体，露出可怖的幸福感）谁也对付不了我。艾利塞奥先生已经死了。你也死了。你们还以为会先把我拿下。你死了，卢纳，明白了吗？我唾弃你，我踢你。

　　他这样做了。艾蕾娜跑向边门。索利亚诺跟着她并追上了她。

索利亚诺　　（殷勤、劝导的口吻）我这样做都是为了你，艾蕾娜，为了咱们俩。你看到我是怎么打的，又是怎么保护你的。他们会分给我一部分钱，艾蕾娜，我爱你，我们会非常幸福的。

　　他们搏斗着，艾蕾娜喊叫起来。莫拉莱斯进来了。渐暗淡出。
　　镜头显出艾蕾娜和莫拉莱斯在饭厅。艾蕾娜把杯子放在桌上。

莫拉莱斯　　艾蕾娜，你受了那么多苦。

艾蕾娜　　是的，多么可怕的夜晚，我看到有人把我父亲杀了。

莫拉莱斯　　我都没有见过我父母亲。

艾蕾娜　　你可能一直感到非常孤独吧。

莫拉莱斯　　是的，是这样的，很孤独。（沉思着）但是在你所讲的那个故事的深层也有一种孤独。

艾蕾娜　　你理解了任何人都未曾理解的东西。

莫拉莱斯　　也许咱们俩很相像吧。（突然他开始思考）不，我没有权利这样跟你讲话。（停顿了一下。换了一种语气）而且，谁知道今天晚上我们又会看到什么事情发生。

艾蕾娜　　（坚定地）杀我父亲的凶手肯定会回来的。（疲惫地）不过，在经历了这么多可怕的事情之后，再发生什么事情我也无所谓了。

莫拉莱斯　　（轻描淡写地）我不知道还将会发生什么事情。（看着她）跟你在一起我就觉得很幸福。

　　渐暗淡出。

　　埃尔希利亚和拉拉门迪坐着带篷双座四轮马车从舞会回家了。埃尔希利亚忧心忡忡地看着前方；拉拉门迪回头看她，露出疑惑不解和不耐烦的神情。

埃尔希利亚　　我不明白我们为什么要走。

拉拉门迪　　你怎么会明白呢？你知道最近这几天对我来讲简直就像在地狱一样吗？

埃尔希利亚　　（坚定地）一点也没有呀，爸爸。（停顿了一下。拉拉门迪惊讶地看着她）你从来都不相信我。

拉拉门迪　　好吧，也许把一切都告诉你更好。上帝知道这些都是很痛苦的事情，开始的时候你可能会觉得我这个人很坏。然后，你们会明白的，你会宽容我的。你会看到这事情是怎么一环扣一环地发生的。（改换了语气）拍卖行一直搞得不好，于是我犯下了第一个错误。我放火烧了拍卖行想拿到保险金。尽管我非常小心谨慎，艾利塞奥还是怀疑这个火灾并不是天灾。但是，我必须拿到保险金。于是我又犯了第二个错误，我跟有问题的人凑到了一起。今天晚上，他们就要总爆发了。

埃尔希利亚　　（害怕而迷惑不解地）但是你现在给我讲的事情真是太可怕了……

拉拉门迪　　我也觉得非常恐怖。尽管我已经明确地提出了我的建议，但我还是担心会发生暴力。我提心吊胆已经好几个小时了。最后我决定提醒艾利塞奥采取预防措施。今天下午我去了他家，他没有让我讲话，他知道火灾的事情。他把保单交给了我。他想羞辱我，这也就决定了他自己的命运。他命令我自己把保单归还给保险公司，并把事情的来龙去脉告诉他们。保单在我手中，咱们可以在乌拉圭或者随便什么地方把它卖掉。

四轮马车在拉拉门迪家的大门前停下了。埃尔希利亚慢慢地下车，突然，她双手捂着脸哭了起来。拉拉门迪给她做了个手势，埃尔希利亚跑着穿过花园，进了屋子。拉拉门迪看到花园里有人。彭夏诺·希尔维拉坐在一张长椅上，正抽着烟，静静地等着他。

停顿了一下。

拉拉门迪　　（胆怯地）你从那边过来？

希尔维拉　　是的，我兄弟的仇报了。

拉拉门迪　　仇报了？我求过你们不能发生暴力事件的。（改换语气）你现在把我搞成杀人犯了。

希尔维拉　　　而你把我搞成了强盗。

拉拉门迪　　　（哀伤而坦诚地）很显然，我们大家都成了魔

　　　　　　　　鬼，而且每个人都成了另一个人的灾星。

　　　　　　停顿了一下。

希尔维拉　　　伊斯梅尔先生，我是来找保单的。

拉拉门迪　　　我没有。

希尔维拉　　　你别骗人了。

拉拉门迪　　　你忘了，我可是知道你很多底细的人⋯⋯

希尔维拉　　　你知道我杀过人，我还可以再杀人。

　　　　　　希尔维拉一脸严肃地站起身来，抛掉香烟，看着拉
拉门迪，向他伸出了手。拉拉门迪交出保单。希尔维拉
默默地把保单藏好。没有向拉拉门迪告别就走了。他走
进了花园，在路口转弯，解开他拴在木栅栏上的缰绳。
　　　　　　渐暗淡出。
　　　　　　听到马蹄声响起。然后我们看到空无一人的小巷。

天快要亮了。远处来了两位骑马人。是希尔维拉和索利亚诺。他们骑在马背上正在交谈。

索利亚诺　　莫拉莱斯这个家伙待在了家里，最糟糕的是艾蕾娜已经给他讲了所发生的一切。

希尔维拉　　我不明白。那卢纳呢？

索利亚诺　　我正想告诉你……（他犹豫了一下，然后突然作了决定）他公然冒犯我，我不得不开枪把他给杀了。

希尔维拉看着索利亚诺。沉默了一会儿。

索利亚诺　　（爱管闲事地）总是剩下咱们俩来处理莫拉莱斯。

希尔维拉　　（缓慢地）用不着两个人。（停顿了一会儿）卢纳很诚实、很忠诚，而你是一个不听话、不守规矩、不值得信任的人。

没有停下马步，彭夏诺·希尔维拉取出一把刀，用一个侧面的动作，捅了费明一刀。他们进入阴暗的地区，周边是高高的杨树林。然后在光线下，在上坡路上，出现了希尔维拉骑着马的身影，在他旁边是那匹黑白混色马，上面没有人。（这个从山脚下就可以看到，马在背景深处很高的地方。）镜头对着马路边的水沟，水中是费明·索利亚诺的尸体。

渐暗淡出。

艾蕾娜和莫拉莱斯站在窗边。艾蕾娜稍稍拉开窗帘朝外看着，一会儿又转过脸来。

艾蕾娜　　有时我觉得这一切不过是一场梦。

莫拉莱斯　　一场背叛、罪恶的梦，但是咱们俩却在这儿。

艾蕾娜　　看着我出生的这个家，看着这里陪伴我一生的东西，我感觉是那么的不同，好像我不曾认识这些东西一样。

莫拉莱斯　　（突然，好像刚醒过来一样）你也不曾认识我。我也并不是你所认为的那样，艾蕾娜，我到这个家里来就是为了跟你父亲决斗的。

艾蕾娜默默地看着莫拉莱斯。垂下了眼睛，想要说些什么。

莫拉莱斯　　原来我并不认识他，艾蕾娜，我也不知道他是你父亲。那时我只知道他是一个非常勇敢的男子汉，我想来面对他，是想知道我自己是不是也足够勇敢。

艾蕾娜　　（非常悲伤）那么说，你也跟所有人一样，莫拉莱斯，（停顿一会儿）我不能原谅你竟然欺骗了我。

莫拉莱斯　　我从来不想欺骗你，艾蕾娜，现在你都知道事实真相了。

他们相互看着。很近的地方又响起了脚步声。门框边又出现了彭夏诺·希尔维拉。艾蕾娜恐惧地看着他。

希尔维拉　　（很平静地面对莫拉莱斯）上帝决定让我们再次相见，你在这儿干什么？

莫拉莱斯　　我是来跟艾利塞奥·罗哈斯先生决斗的。现在轮到我来向你报仇了。

希尔维拉　　好啊，咱们走着瞧。（好像在思考，大声地）这是生命的轮回。我一直非常厌恶罗哈斯，因为他杀死了一个年轻小伙子，现在我要做同样的事情。

　　希尔维拉打开门，外面是白天。阳光灿烂，鸟儿齐鸣。两个人走了出去，慢慢地。下面，在背景处，有一条小河还有一座桥。镜头对着艾蕾娜，她心醉神迷，渴望地面对着大门。
　　莫拉莱斯和希尔维拉沿着峭壁走了几步。

希尔维拉　　现在的问题是要找到一块合适的场地。

　　镜头聚焦险要的峭壁，然后那座桥。两个人边走边谈着话。

莫拉莱斯　　（指着那座桥）咱们就在那儿吧。
希尔维拉　　（好像接着讲话一样）这流水会把咱们中的一个人卷走。

莫拉莱斯　　首先是水，然后便是忘却。

他们来到桥上，在各自的位置站好。希尔维拉把披风卷在左臂上。他们取出刀。

（在背景深处可以看到小河上还有一座桥。）

莫拉莱斯　　（看着披肩）小心点总是好的。你可不要指望我会怜悯。

希尔维拉　　我知道我在做什么，我决斗从来不会输。

莫拉莱斯　　（进入决斗）很快就会看到两人中谁将决斗而死。

他们决斗时那么坚决，毫不慌乱，好像在从事一项工作。莫拉莱斯显得更加干练，他占着上风。他让希尔维拉步步退让，把他逼到了桥栏杆边。希尔维拉通过自己孤注一掷的努力，又重新占据了他的位置。但莫拉莱斯还是一次次地让他受伤。

远处，马蹄声又响起。决斗停止了。有一些骑马人在通过另一座桥。

莫拉莱斯　　是巡逻队，也许他们是去罗哈斯家的。

希尔维拉　　（已经重伤）现在你只要把我交出去就行了。

莫拉莱斯　　我不会把你交出去的，这只是你我之间的事情。

（迅速地）我会帮你逃脱。会等到你身体恢复，我再跟你

决斗，空手决斗，我将当面把你杀死。

希尔维拉　　你真会这样做？

莫拉莱斯　　会的，我不愿意让别人去为艾蕾娜报仇。

希尔维拉　　我真不能相信。

莫拉莱斯　　那就请你相信我会这样。（他把刀扔进了水里）

希尔维拉　　你真不应该这样做，为了让你能够炫耀，我不

会让自己被杀的。

　　　　他挺起身子，突然向莫拉莱斯扑去。莫拉莱斯一拳
打在他的眉心。希尔维拉再次扑上去，莫拉莱斯再次给
他的脸上一拳，最后一拳打在他的胸口。希尔维拉踉跄
了一下，掉进了河里。

莫拉莱斯在桥上看着他怎么被水卷走。然后全神贯注地朝他家走去，在路上，他抓起一棵草放到了嘴里。他打开门，艾蕾娜扑进他的怀里。

艾蕾娜　　终于好了。我一直不敢看，也不敢动。这几分钟的时间是多么漫长。

莫拉莱斯　　你父亲的仇报了。

艾蕾娜　　（好像没有听懂一样）报仇了？……（然后稍稍活跃一点）你觉得可以报仇吗？你觉得一件事情可以被另一件事情抹掉吗？

莫拉莱斯　　（随随便便地）我不知道。难道我做的这一切，对你来讲都是无所谓的吗？

艾蕾娜　　你做了很多。现在你在这儿，平平安安，健健康康，这就是一切。（非常激动）但我不是因为你做了这一切而爱你；我爱你，尽管你做了这一切。

莫拉莱斯　　（看着她的眼睛，走近她，要吻她）真奇怪！我杀了一个男人，但是在你的身边我却感觉自己像个小孩。

信徒天堂

　　在一个巨大的空屋子里，一名男子拿着手枪。我们只能看到他的背影，正对着看不见的入侵者，不断地开枪前行；最后他来到一扇门前，门后是一个堆满了中式家具的房间。男子受伤了，颤颤巍巍地走近位于台阶高处、房间最里面神龛一样的地方。他拿起一个漆盒，打开，发现里面还有一个一模一样、尺寸小一点的漆盒；他再次打开，又见到另一个……当他打开最后一个漆盒的时候，他晕倒了。只见那个漆盒是空的。场景渐暗淡出，出现了"剧终"两个字。镜头后退，我们看到了电影最后一个场景。人们正从电影院慢慢地出来，其中有劳尔·安塞尔米和依蕾内·克鲁斯。用不着描述他们俩：有点像第一男主角和年轻的太太。他们穿着体面，但并不奢华。

依蕾内　（略带悲伤却含着微笑看着劳尔，宽容地对他说）
瞧你多么喜欢有枪手的电影！

安塞尔米　（似乎有点过分，但并不尖刻）我怎么会喜欢
呢……都是不道德的，不真实的。

　　　　两人被人群拥着，便不再讲话，继续往外走。

安塞尔米　（好像恢复了生命一样）我知道都是不道德的，
不真实的，但仍然会被吸引，也许是因为小时候，我常
听爸爸讲起摩根的故事。一个手枪队的队长，你还记得
吗？对于我来讲，他是传奇的英雄。据说他死在法国东
南的科西嘉岛。

　　　　依蕾内和安塞尔米在腾佩雷小镇的站台下了车。他
们跟拉米雷斯在一起，这是一位事业有成且十分热情的
小伙子。

拉米雷斯　　下午好，依蕾内。安塞尔米，你好吗？

安塞尔米　　我们去城里看《泰安寻踪》了。子弹打来打去的，还有一系列冒险的动作，到最后却发现是一个空盒子。

拉米雷斯　　（对依蕾内开玩笑地）你看电影总爱看两遍吗？（马上换了一副语气）行，那我先走了，恋爱的人总喜欢单独在一起的！

　　　　　拉米雷斯向依蕾内告别，热情地拍了拍安塞尔米。

安塞尔米　　再见，拉米雷斯。

　　　　　渐暗淡出。

　　　　　依蕾内和安塞尔米沿着绿篱、花园栅栏、一片荒地溜达着，天色已暗。

依蕾内　　　你闻到三叶草的气味了吗？这是乡村的气息。

安塞尔米　　好像我们已经到了很远的地方。

依蕾内   每当闻到这种味道，我就感到特别的幸福。

　　在这短暂的抒情过后，沉默了一会儿。他们来到了依蕾内的家里，这是一座低矮的老房子，边上有个门，正面有两个阳台。安塞尔米告辞了。

安塞尔米   再见了，亲爱的，明天见。

依蕾内   （好像没有听到一样）但是我今天并不觉得开心。劳尔，你究竟怎么了？

安塞尔米   没什么呀，你不要管我。（他看着地面）你为什么没有告诉我，你跟拉米雷斯博士一起去看电影了呢？

依蕾内   （严肃地）说来话长，而且并不是令人愉快的事，我不想让你知道。你看，是关于庄园的事。你知道这庄园对于劳拉和我意味着什么。这是我们的整个童年哪。他们想把庄园卖了。拉米雷斯是债主们的律师。他待我不错，我不能让他不高兴。

安塞尔米   你永远不应该向我隐瞒你的事情。你需要多少钱？

依蕾内　　要很多钱，亲爱的，每年要五千四百比索。

安塞尔米　　什么时候要付呢？

依蕾内　　二十天以内。

安塞尔米　　我来给你搞这些钱吧。

　　渐暗淡出。

　　早上。安塞尔米走在腾佩雷小镇边缘的一条马路上。他沿着一座古老的庄园走着。庄园有个被遗弃的大花园，周边有铁栅栏。在两头大象似的伫立着的石砌柱子之间是一个锈迹斑斑的大门。树丛中可以看到一幢小楼，是意大利式的，高处有一个长方形的观景台。

　　镜头对着正开进庄园的一长排搬家的厢式货车。听到手风琴的声音，正拉着《马戏团进行曲》。安塞尔米走近手风琴手。这是一个大胖子，很结实，脸色红润，很热情。他头戴大礼帽，帽子显得有些小，身穿带流苏的睡袍、深色灯笼裤，脚着拖鞋。他向安塞尔米打招呼，并随着音乐的节拍，用食指往上推了推大礼帽，两只脚还配以画八字的动作。

手风琴手　　我的博士兄弟：真叫做坏事也能变成好事。一大清早，奥利登庄园终于被租出去了。发言人明确告诉我，协议是在半夜到鸡鸣之前签署的。是一批新人，正在搬家呢！你不要问我他们是谁，是一些陌生的贵人。他们人来了，大加赞扬，就这么租下了，竟然还真的安顿下来了。这可都是进步的好事啊。

安塞尔米　　从我记事起，这座庄园就没有人住过。

搬家工打开厢式货车的门，把东西卸下来。有一些中国家具，好像，但我不能肯定，跟电影中第一场景里出现的一模一样。他们还卸下了一架长长的带镜子的屏风和一座黑色的雕像，上面有枝形烛台。安塞尔米给手风琴上面的巴尔达牌巧克力小盒里放了一块硬币。手风琴手再次致意，接着便继续拉琴。

渐暗淡出。

安塞尔米在一个办公室的接待厅等候。通过窗口可以看到布宜诺斯艾利斯中心城区的一条街道。有好几个人在等着。

一名职员　　安塞尔米先生，兰迪工程师可以接待您了。

　　　　安塞尔米手里拿着帽子，来到一间非常豪华但极其
　　丑陋的现代办公室。兰迪工程师——瘦骨嶙峋，塌肩，
　　干瘪，瘦弱，秃顶——正要打开一个大信封，他站起来
　　跟安塞尔米握手，信封掉在了桌子上。

兰迪　　你好，外甥，是什么风把你给吹来了？

安塞尔米　　没什么……你可能还记得，去年，我受公司
　　的委托，对福摩萨市的破斧木林地做过一次大盘点。
　　问题是到现在还没有给我付过钱，现在我很需要这笔
　　钱了。

　　　　兰迪好像没有听到这些话，他拿起信封，从里面取
　　出几张照片，用手当灯罩，对着光看着。然后他对安塞
　　尔米说。

兰迪　　但是……你早该在二月份就告诉我的嘛。现在我

的情况完全不一样了，我是董事会的成员，而且正因为咱们的亲戚关系，我完全不可能支持你办理这些事。

他再次端详那些照片。镜头对准照片。正是兰迪工程师自己的照片，最近的样子，最近的穿戴。

安塞尔米　　您吩咐下面支付欠我的那笔钱，这没什么不对啊。

兰迪不慌不忙地挑出一张底片，把它放在旁边，然后，慢悠悠地转身面对安塞尔米。

兰迪　　我早就料到你是不会明白的。所以我曾经对你可怜的母亲说过，所有安塞尔米家的人都是一个样。

安塞尔米　　（站起身）我一直觉得，你不喜欢我的父亲。

兰迪　　你怎么会知道他的事情？他在拉贝纳去世的时候，你还没有满三周岁。他用他当律师的才能去为无耻小人辩护。据说最后警察不公正地把他逮捕了，他想逃走，结果死了。一条很不明智的生命啊，多么让你的妈妈伤心落泪。为了你妈妈，我倒真想帮你一把。

渐暗淡出。

安塞尔米在电梯里不安地看着表。电梯门一开，他立刻消失在走廊里。他推开律师事务所的大门，里面正在举行一场舞会。有九到十个人，两个是女的，有一位上了年纪的先生，他是头头，还有个年轻人，大家都在对他鼓掌，祝贺他。大家喝酒，祝酒。桌上还有苹果酒酒瓶、酒杯，纸盒子里还有千层饼、三明治。家具都很简陋，墙上挂满了各种证书和宴会的照片，屋子的一角有个书柜，旁边是书目索引。

安塞尔米进来时几乎是无人察觉。尽管如此，有一位姑娘马上倒了一杯酒递给他。

安塞尔米　　谢谢，拉格尔，我是跑着过来的，害怕来晚了，我忘了今天是舞会的口子·

拉格尔　　（充满向往地）老板的儿子风华正茂呢！

一个很年轻的小伙子，头发凌乱，有雀斑，近视眼，脏兮兮，走近安塞尔米和拉格尔。拉格尔把三明治放在桌子上：有雀斑的马上把它放在手中的面包上面，一起吞下了肚。

有雀斑的　　贪吃的拉格尔，你可不要像鸵鸟那样狼吞虎咽哟，这样你会变得像肌肉男，小鲜肉就不会理你了。

　　有雀斑的使了个眼色，意指舞会上那个被祝贺的年轻人，然后严肃地走向安塞尔米。

有雀斑的　　你，安塞尔米，好好享受这最后一次舞会吧，我打赌，我的好同学，你会讨厌他的。大家说得对，我有间谍的灵魂。在老板的文件夹里，我看到了一封信，你肯定会有兴趣的。

安塞尔米　　那封信怎么说？

有雀斑的　　讲了一些很重大的事情，首先是我们大家都知道的事情。老板的小儿子要进这个律师事务所了。其次，多么了不得的新进员工啊，我亲爱的先生，你将会像子弹一样火速离开的，"感谢您提供的服务，希望我们被迫采取的这些措施没有伤害您，谨致崇高的敬意"。

有雀斑的脸庞充满了整个屏幕，然后，他举起酒杯，祝酒，喝酒。渐暗淡出。

傍晚时分，依蕾内在腾佩雷小镇车站等待着。一列火车到了。安塞尔米下了车，镜头从远处跟着他们俩：他们走上台阶，穿过天桥。看到他们走在一条深深的林荫大道上。

他们来到林荫大道边的一家景观饭店，它由两部分构成：一个是糖果店，砾石地坪，铁制方桌；另一个是服务站。能听到探戈舞曲《狂欢者之夜》的声音，音乐来自大厅里柜台上的一台收音机。外面，在一张桌子上，一帮老兄一边喝着酒，一边吵吵闹闹不停。另外一些桌子上则是一些很文雅的人，他们为此感到有点不舒服。依蕾内和安塞尔米两人坐了下来。（注释：正如读者将会发现的，这帮老兄的举动显得有些不合时宜，但是为了不至于让这伙人显得那么不入调，最好其他人也能向他们靠拢。这个粗略展示的世纪初的面貌，将使最后的舞台场景显得格外伤感。）

老兄一　　大家注意，帕多·萨利瓦索要朗诵一首他知道的诗。

　　　　老兄二将要背诵一首诗。背到最后一句的时候，镜头慢慢地转到座位上，并面对所有在场的人。

老兄二　　都说我到处惹是生非，
　　　　　　还说我行为总不检点。
　　　　　　那我该怎样检点行为，
　　　　　　周边都是糟糕的小虫？

　　　　老兄们热烈鼓掌，周围的人都很厌烦。老兄三重复着他朋友的手势。

老兄三　　我脑子里作了另外一首诗，请大家听着。

　　　　　都说我到处惹是生非，

　　　　　不尊重我的所见所闻。

　　　　　那我该怎样尊重他人，

　　　　　周边都是丑陋的小虫！

　　　　　又一次赢得老兄们的热捧。

老兄四　　都说我到处惹是生非，

　　　　　好像我拥有梅花大牌。

　　　　　为什么我不能招惹你，

　　　　　这么糟糕的毛毛小虫？

　　　　　朗诵完他的诗句后，老兄四面对一位衣服贴身、头
戴草帽的肥胖先生。

　　　　　一个跑堂的走近依蕾内和安塞尔米的桌子。

安塞尔米 　　请来两杯茶。

老兄四 　　（对着走过去的跑堂）淡一点，可不要让我们晕倒啊。

　　公路那边，长长的出租马车队伍正在缓慢地走近。下来几位身材魁梧、办事麻利的下属，像无可抗拒且毫无人性的机器人似的把所有人，包括前面那帮老兄都赶走。有一位下属去关掉了收音机。正当他们要来到依蕾内和安塞尔米桌子的时候，从一辆车子里走出一位身材高大但十分虚弱的先生（摩根），裹着披肩，拄着拐杖，还有人扶着。那些将场地清空的下属纷纷停顿下来，显得十分威严。艾利塞奥·库宾，大胡子，小个子，手势频频，古里古怪，头戴车夫帽，身着旧外套，正十分殷勤地服侍着虚弱的先生。这位先生坐了下来，他的一位陪同走进饭店大厅，又拿着高高一杯牛奶出来了。这位虚弱的先生在慢慢地喝牛奶的时候，把虚弱的目光停留在安塞尔米身上。

摩根 　　（若有所思而大声地）我认识这样的前额，这样的眼睛。

一阵停顿以后。

摩根　　一九二三年我在拉贝纳见过你们的。

安塞尔米　　那个时候我还没有出生呢。

摩根　　我是在多梅尼科·安塞尔米的脸上看到的，他是一个很聪明而诚实的人，但是有人把他给出卖了。

安塞尔米　　那是我的父亲。

渐暗淡出。

一个公共图书馆，镜头从高处对着安塞尔米（看上去很小，但是很清晰），他坐在一张书桌前，正在查阅很大的图书。他在高处一盏灯的照射下，两边的阴暗处可以想见是高高的书墙。镜头向下接近安塞尔米。原来他浏览的是装订好的旧报纸。突然他发现一张老照片，上面我们可以看到一个比来饭店的那个虚弱的人要年轻很多的人。他正从一辆老式的梅赛德斯-奔驰车上打招呼。有一段话是这样说的：**摩根，幕后的秘密皇帝**。他打开另一本书，翻了多页后又出现了同一个人的另一张照片。照片中，他在两个英国看守之间，低着头，正在走路。下面的文字说：摩根被定罪。还有一张照片，来自另一份报纸：摩根被宣布无罪。另一张照片是在法文报纸里的，摩根穿着淡颜色的服装，标题是：M. 摩根在里维埃拉度假。最后，还有一张照片是椭圆形的，出现在一本旧时的杂志《百态》里。一个中等身材，有点像劳尔·安塞尔米的先生，但是看上去显得更加书生气一点。下面的说明是：多梅尼科·安塞尔米博士，摩根的辩护律师。

渐暗淡出。

庄园里的一座房子，为了防止洪水灾害，建有高高的走廊；一些树木，一间磨坊，一段铁丝网。这些形象一动不动地保持一段时间，好像是现实的天幕。镜头后退，我们看到像是一幅画，挂在带顶的走廊的墙壁上。在画的旁边有一个很复杂的晴雨计。高高的大瓷瓶里长着一种植物，大大的叶子。还有一台脚踏缝纫机。缝纫机盖子上有一个女人的小包。从后面看到一位姑娘的半个侧影（劳拉·克鲁斯）。她坐在一把维也纳吊椅上。金黄色的长波浪头发一直垂到肩膀上，头上戴着金色的环夹，头顶上有一个小小的发髻。慢慢地转动镜头，我们看到了她的脸庞。很年轻，很漂亮，很严肃，有一点要生气的样子。穿着很朴素，颜色淡淡的。离她很近的地方，依蕾内正在花园里浇花。这是阳光灿烂的一天，影子清晰可见。

劳拉　　明天我要去庄园。

依蕾内　　（停下手中的事去看照片）明天咱们俩就要去这个走廊了。

劳拉　　啊，走在这个走廊里，听着咕咕的鸽子叫声。（突然，怀着强烈的愿望）依蕾内，要是咱们今天能去就更好了。

依蕾内　　（坚定的声音）劳拉，我跟你说过了，今天不行。下着雨，路不好走，明天咱们一起去，亲爱的。

　　　　听到一阵钟声。依蕾内放下洒水壶，在她妹妹额头上吻了一下，拿起缝纫机上的小包就走了。劳拉很严肃地又在看那张照片。

镜头跟着依蕾内，这时她正要离开带红木家具的餐厅。家具非常漂亮，但有的椅子已经瘸腿了。依蕾内来到了门厅，打开了面向大街的门，出去了。安塞尔米正在门外等她。他挽起她的手臂，沿着我们前面看到的那条街走去。

安塞尔米　　有庄园的消息吗？

依蕾内　　（过了一会儿）今天我收到劳拉的信了。她很开心，她非常喜欢乡村。

他们来到一条泥土地的大街。有树，远处可以看到乡村。一辆花匠小车由黑白混色马拉着，正在走近，微微扬起一阵薄灰。依蕾内挽起安塞尔米的手臂，拐到另一条街上，好避开尘土。

依蕾内　　要是咱们丢了这个庄园那实在是太残酷了，我必须搞到钱。

　　　渐暗淡出。

　　　这是一个早上。安塞尔米走进了摩根庄园的门，他穿过花园，敲门，过一段时间，摩根的人给他开了门。

安塞尔米　　我想跟摩根先生聊聊。

男子　　（粗鲁地）他今天不接待。

安塞尔米　　我，他是会接待的。我是劳尔·安塞尔米。

　　　那男子想把门关起来，安塞尔米抢先跨进了一步，不让他关门。他走进一个撤空了的十分宽大的门厅，这里有好几扇门，还有一个大理石台阶。两个人面面相觑。

安塞尔米　　我在这儿等。

　　　那男子有些犹豫，后来他接受了这样的事实，便走开了。安塞尔米一边等，一边慢慢地踱着步子走来走去。当安塞尔米走过一扇门的时候，门微微地开了一条缝，可以怀疑有人正在门后监视他。后来，看到一只哈巴狗用嘴巴开了门，进了门厅。在看到这只哈巴狗之前，安塞尔米先听到了一个女人的声音，微弱而懒散的声音。

声音　　孔子……孔子……

　　在片刻的迷惑不解之后，安塞尔米看到了那只狗，他把狗抱了起来，走进了那个房间。镜头跟着他。与破破烂烂的门厅形成对比的是，这个相邻的房间是一个带凸肚窗的大厅，从门口看不到里面，显得十分气派，家具也十分奢华讲究（有第二帝国时期的家具；还有日本武士的盔甲）。在一个长沙发上，躺着依尔玛·埃斯皮诺萨。这是一个年轻的金发女郎，身材很好（几近丰满）。她穿着黑色衣服，十分华丽，可以隐约看出她略显破旧的紧身背心上的针脚。在附近的一张凳子上，有一个开着盖子、放有糖果（包着锡纸的大糖果）和蜜饯的盒子。

安塞尔米　　夫人，孔子回来了。

　　　　　依尔玛抱起狗，吻它，跟它一起玩。

依尔玛　　（带有一些好奇）你能告诉我你是谁吗？

安塞尔米　　我叫安塞尔米，劳尔·安塞尔米。

　　　　　依尔玛放下狗，挑选了一块糖，剥了纸吃了起来。
　　　　　然后吮了吮手指，把糖纸捏成小球，抛向远处。

依尔玛　　安塞尔米？年轻人，你跟黑手党有关系吗？

安塞尔米　　（微笑着）到现在还没有。

依尔玛　　（十分机灵）那你参加黑手党啰？

安塞尔米　　（卑微而自嘲地）我还不配呢。

依尔玛　　（突然很不信任地）该不会你是警察？

安塞尔米　　也不是，我只是一个学法律的学生，来看望摩根先生。

　　依尔玛一下子没了兴趣，她找了一颗带酒心的糖吃了起来，手指脏了，用窗帘擦了擦。一阵沉默。

依尔玛　　（很高傲地）摩根先生就像我一样，谁也不接待。他是非常重要的人物，是头头。我和我父亲也都很重要，所以他总是接待我们。

安塞尔米　　（带着不被觉察的讥笑）喔，我明白了。

依尔玛　　（教导式地）他接待我父亲，那是因为我父亲是丹尼尔·埃斯皮诺萨，是他亲密的朋友。至于接待我，那是因为谁不愿意跟金发美女聊上几句呢！

　　一位庄重的仆人，也许就是前面清场饭店的人员之一，带来了一张有轮子的桌子，上面放着三明治和威士忌。依尔玛吃了起来。仆人离开的时候，先给接待安塞尔米的男子让路；男子走进房间去好像在找人。

男子　　头头叫您稍等片刻。（*强调的口吻*）他马上就接待您。

　　　　　　男子走了。

依尔玛　　（*热情地，还主动给他糖吃*）为什么你不告诉他你是很重要的人呢？为什么叫安塞尔米的人会这样傻乎乎的呢？现在咱们是很好的朋友了，喝点威士忌吧。就用我的杯子喝，好让你知道我所有的秘密。

　　　　　　安塞尔米抿了抿嘴唇。

依尔玛　　有一次我去参加一个舞会，有那么多帅哥，他们都想跟我结婚。

　　　　　　依尔玛走近安塞尔米；到最后，她已经跟他在一起。她让他坐在身边，坐在沙发上。

依尔玛　　现在咱们是好朋友了，你得答应我，你要跟摩根先生说，我爸是很重要的人，他从来没出卖过他。

        仆人进来了。

仆人   （对安塞尔米）老板在等您了。

        仆人给他开门，让安塞尔米进去。

安塞尔米   （轻轻地推开依尔玛）再见，小姐。

依尔玛   （几乎是眼睛盯着他，死死地、私密地）可别忘
    了呀……一定要提到我爸……丹—尼—尔·埃—斯—
    皮—诺—萨。

        安塞尔米再次有礼貌地坚持要摆脱她。

依尔玛   （低声细气地）你可不要说是我叫你这么说的。

        仆人抓住依尔玛的胳膊，把她从安塞尔米身边拉

开。安塞尔米站了起来。

依尔玛　　（以阴险同伙的口吻）可不要忘了我的嘱托。

仆人　　（对依尔玛）您是知道的，老板不喜欢您纠缠客人。

　　安塞尔米出去了。仆人没有松开依尔玛的胳膊，他又拧了一下。她跪在了地上哭了起来。

　　渐暗淡出。

　　最先接待安塞尔米的男子就在门厅。他上了几级台阶，走在安塞尔米的前面，穿过好几个房间；其中有个房间里放着那天从搬场厢车上卸下来的家具——带镜子的屏风，带烛台的黑色雕像。在长长的走廊尽头有一个人站在那儿，他靠在墙上，帽子盖到眼睛上方，看着下方，两条腿交叉。他们从他身边走过；这男子默默地看着他们俩。（安塞尔米在那两个人中间走着）他们来到一个螺旋形楼梯下面。走在前面的男子让开身，让安塞尔米进去。他独自上去了。他来到一个有两扇门的房间（两扇门对开；一扇通向螺旋形楼梯，另一扇通向露

141

台）；一面墙上都是书，地面是黑白相间的瓷砖。窗子有菱形的彩色玻璃。房间有电灯照明。背对着他，在一把扶手椅里，面对着桌子，坐着一个人，他巨大的身影映在墙面上。这个人转过来，脸上带着倦意的微笑。他就是摩根先生，在他的旁边，是清空饭店场地的那帮人之一。安塞尔米绕过桌子，停下来站在摩根的对面。摩根向他伸出了手。

安塞尔米　　我们在饭店里见过面，摩根先生。你一定记得，我是多梅尼科·安塞尔米的儿子。

摩根　　我还欠着这位先生的情，我也知道我不能通过他的儿子来还情。我不能帮助任何人。我的一生都是粗暴和野蛮。

安塞尔米　　（非常激动，手撑在办公桌上，看着摩根）我现在的情况已经是这样子了，摩根先生，我可是什么都做得出来的。

听到怒不可遏的讲话声和越来越强的砰然关门声。

一个保镖从通向露台的门探出头来。

摩根　（对安塞尔米，低声而非常平静地）你去奥利沃斯小镇找一下阿比杜马利克吧。

保镖转过身。佩德罗·拉腊英闯进了房间。他个子高高，身体强壮，红光满面，脸型方正，生性顽强。他穿着质量很好的运动服装，显得非常自信。身后，艾利塞奥·库宾屁颠屁颠地跟着他。

拉腊英　（对摩根，完全没有理会任何其他人）您给我说说，您亲自来接待我，然后这么个提线木偶却又让我在这里干等，这样是不是很不好？

库宾　（对安塞尔米，私密地）拉腊英先生说得对，您是个重要人物……而我却让您久等了。

摩根　（对拉腊英鞠了一躬）我代表我的出纳向您表示道歉。（换一种腔调）在人生惨败的时候，我们只剩梦想了。

　　　　摩根拿起桌子上的一本书。

摩根　　我就藏身在这些人梦寐以求的最崇高的梦想中，藏身在《一千零一夜》这本书里。

　　　　摩根给拉腊英看一幅插图。

摩根　　（解释着）这是食人肉者的筵席。

　　　　拉腊英惊讶地看着他。

拉腊英　　这方面可不是我的特长，请相信我。

　　　　摩根给库宾看第二张插图。

摩根　　辛巴达终于摆脱了大海老人。

　　　　库宾后退了一步，没能掩饰住内心的愤怒。摩根让安塞尔米看第三幅插图，也许是一幅没有人像的风景画，而且不符合他所描述的那个场景。安塞尔米惊奇地看着这幅画。

摩根　　这是朋友的儿子，他将会发现头头已经在信徒的天堂了。

库宾　　（几乎要爆发、要哭出来了）但是，我的老板，拉腊英先生他可是另有企图的。他想搞具体的课题。

摩根看了看库宾，苦笑着顺从了，然后他走向安塞尔米。

摩根　　（对安塞尔米）你看到了吧：我就想藏身在梦中，但是，现实总是那么急不可耐。也许我们可以另外找个时间聊一聊。

摩根向安塞尔米伸出了手，看着他的眼睛。安塞尔米打了个招呼就走了。拉腊英和库宾把他们的扶手椅拉近摩根的桌子，准备跟他商谈。

　　渐暗淡出。

　　安塞尔米走下楼梯，陪他来的那个人正在等着他。然后在前面带着他走。在通过一个院子的时候，他听到了一阵喊叫声。安塞尔米从下面看到高处的一个窗口有一位衰败的老人，样子像老实巴交的手工艺人（丹尼尔·埃斯皮诺萨），他正在无谓地挣扎着，因为他被一群有怜悯心的热心人压着。这些人正在把他往里边拖。

陪同安塞尔米的　　一个老是想着自杀的疯子。

　　渐暗淡出。

　　安塞尔米来到饭店，几乎空无一人。酒吧男正在看报纸，一位女士正在打电话。

安塞尔米　　（对酒吧男）给我看一下电话号码簿好吗?

　　酒吧男没有停下阅读，他从柜台下边拿出电话簿，递给了安塞尔米。在郊区一栏里，安塞尔米找到了阿比杜马利克的名字。（可以看到这一页；然后是阿比杜马利克公司，马拉维尔大街 3753-741-9774）安塞尔米看了一眼正在打电话的女人。

夫人 　你瞧，朋友，这正是我要买的东西，我就说嘛，哎，他们没有麻纱的！

　　　　来了一个戴墨镜的人，他在最靠近电话机的那张桌子边坐了下来。安塞尔米若有所思地看着他，然后又转过脸注视那个女人。

眼镜男 　（对酒吧男）小杯朗姆来一个。

　　　　酒吧男给眼镜男倒了一杯。

夫人 　（对着电话）都是些不拘小节的家伙。（片刻停顿之后）你说得对，没有纱布，没有白介子泥什么的。当我的费明得了百日咳以后……

安塞尔米没有办法，他走了。走到门口的时候，他看到眼镜男已经站起身，并且留了些钱在桌子上。

安塞尔米在离开饭店五十米左右的地方（背景处就是饭店）。有一辆很威武的汽车靠近过来，在安塞尔米的身边停了下来。佩德罗·拉腊英正在给他指路。就在拉腊英跟安塞尔米简短对话的时候，看到远处的眼镜男正从饭店里走出来，越来越靠近了。

拉腊英　（探出身子）要我送你一程吗？

安塞尔米　不了，谢谢，我在这里等公共汽车。

拉腊英　乘公共汽车去布宜诺斯艾利斯吗？还是我带你去吧！

安塞尔米犹豫了一会儿，他看到了那个眼镜男，于是就接受了拉腊英的提议。他绕到车子的另一边，上了车。

渐暗淡出。

在腾佩雷小镇去布宜诺斯艾利斯的路上。安塞尔米和拉腊英在车子里。

拉腊英 （热情地）摩根的情况真是太棒了。（更快地）你跟他打交道已经很长时间了吗？

安塞尔米 （冷淡地）不，并不长。

拉腊英 我知道，我知道。我认识他，他也认识我。我从不批评任何人。每个人都会有他的毛病。但是，如果有价值的孩子向我伸出手来求救，我就不会让他淹死。你可能会说我是个理想主义者。

安塞尔米在看周围的风景。

拉腊英 （不动声色地）这里你所看到的这个地方，都是我自己一手弄起来的。整个北部都在我的手中。我可不是随便说说，我可是能够提出一些很有意思的建议哟。

一阵沉默。

拉腊英　　（微笑地）如果你不想谈生意，我也不会坚持。不过，哪一天你有兴趣了，你就到我的育马场来找我，我会非常高兴地向你展示我的马，我的德獒大丹犬。随你的意，没什么关系的，都是能够理解的。

安塞尔米　　（冷淡地）我会很有兴趣的。

拉腊英　　如果我把你撂在里瓦达维亚，你觉得怎么样？

　　　渐暗淡出。

　　　安塞尔米在一家香烟店打电话，在他身后，有人正在玩桌上足球。玩得真开心。

安塞尔米　　奥利沃斯9774吗？您是阿比杜马利克先生吗？一个小时后我能过来见您吗？最好是当面谈……不，您不认识我，是摩根叫我来的。

　　　挂断电话他就离开了。那男子中断了他的足球游戏，看着安塞尔米，他也准备离开。

　　　渐暗淡出。

看到安塞尔米正从奥利沃斯站台一列火车上走下来。在一条偏僻的小巷,一辆汽车差点把他轧死。他几乎没有时间避开车子。他的手碰到了铁丝,受伤了。一只袖子弄脏了。正在用手绢止血。

安塞尔米来到小镇外的一家工厂,门上写着:阿比杜马利克公司。门是半开着的。安塞尔米敲门,没人回答;他进去了。这是一家玩具工厂。他在玩具娃娃之间走着。在最里面的一个玻璃房间里,有一张写字台。在一把转椅上,看到一个穿着外套,戴着帽子的人。他前额狭窄,轮廓分明,灰色的八字胡。他已经死了。是有人把他绞死的。

电话铃响了。安塞尔米正要去接,他看到自己受伤的手,沾满血迹的西装,于是他放弃了。

他离开了工厂,无意间来到一条公路边,天色正在暗下来。安塞尔米伫立一边,看着那些灯光。他上了一辆公交车。拉米雷斯是乘客之一。

拉米雷斯　　你好,安塞尔米,这里有个座位。

没有办法，安塞尔米只好在拉米雷斯的旁边坐下。

拉米雷斯　　为了付那笔钱你在忙什么呢？为了一个女人，对吗？我会给你保密的。

安塞尔米　　女人？但愿如此吧。我们可不是每个人都会走运的。

拉米雷斯　　（注意到他的伤，惊讶地尖叫了起来）好像那女人用指甲和牙齿自卫了。袖子上都沾满了血！让警察看了，该是多么好的一个标题呀！

乘客们看着他们俩。渐暗淡出。

早上，在摩根庄园的门口，安塞尔米正在跟第一次接待过他的人交谈。

男子　　请进，老板马上会接待您。

安塞尔米走进了客厅，一会儿库宾下来了。

库宾　　我是艾利塞奥·库宾。老板很抱歉不能接待您，他

152

叫我把这个给您，谢谢您提供的服务。

库宾递给安塞尔米一个信封。

安塞尔米　　（看着信封内的东西）应该是搞错了吧，我可没有能够完成我的任务。

库宾　　老板可不这么看。（停顿了一下）摩根先生总是大手大脚的，作为小小的出纳，我已经不止一次为他惋惜过。每次我都必须抹平账目！（在一段沉默以后，低声地）我给您一个建议，请您马上消失几天，特别是不要到这儿来。

安塞尔米惊慌失措地看了看他。离开了。
库宾很自然地走向秘藏的电话机，要了一个电话号码。

库宾　　是《商务电讯》报社吗？

可以看到《商务电讯》的版面，标题是："奥利沃斯镇重大凶杀案，怀疑一个年轻人（下面是关于安塞尔米的一段描述）通过电话对死者进行过威胁"。

我们看到安塞尔米在他的房间，正在扔报纸。房间很大但十分简陋，带有壁炉烟囱；有一张窄窄的铁床几乎要塌了；一个衣柜；一把扶手椅；一把吊椅；一个书橱；一台留声机；一个洗手间；一面镜子。进出的大门上有玻璃，上面还有一扇小窗。安塞尔米扔了报纸以后，走到洗手间，准备刮胡子。就在他涂肥皂的时候，一位老太太过来对他说。

老太太　　有一位罗萨雷斯先生想见您。

罗萨雷斯——一个胖胖的男人，皮肤黝黑，仪态稳重，眼神中透露着某种贪婪——他把老太太支开，向她告别，然后就坐上了那把吊椅。

罗萨雷斯　　我是波菲里奥·罗萨雷斯，是搞调查的。

罗萨雷斯在吊椅上调整了一下姿势，漫不经心地打量着房间。

安塞尔米　　你坐得舒服吗？你想要什么？

罗萨雷斯　　（微笑着）我就想跟您聊聊。首先，我想给您讲明，我这次来访不是官方的。

安塞尔米继续刮他的胡子。

安塞尔米　　这怎么说？

罗萨雷斯　　您看啊，我是作为朋友来给您讲的，我希望您能够非常坦率，咱们以男人的方式交谈。

安塞尔米　　（满不在乎的）关于什么事情呢？

罗萨雷斯　　关于奥利沃斯的凶杀案，您是不是认识受害者？

安塞尔米　　报纸上说了，就这些。

罗萨雷斯　　您没有通过电话威胁他吗？

安塞尔米正在洗脸，他怒气冲冲地回答提问，一边擦干。

安塞尔米　　我再给你重复一遍，我对这件事一无所知。至于叫我跟您非常坦率，我没有理由需要这样。您自己说是作为朋友来的，但是这种友谊却又是调查的一部分。（微笑着）而且，我为什么要跟一个并不相信你的人做朋友呢？

罗萨雷斯站了起来。

罗萨雷斯　　（也许很严肃）您说的有理，我的职责是要了解事实真相，我向您表达的友谊并不是毫无私心的。但是我觉得，如果您对我坦率，您也不会有什么损失。（他走到门口）请您考虑一下我说的话吧。

渐暗淡出。

安塞尔米走向依蕾内的家。碰到了拉手风琴的人，他像上次一样跟安塞尔米打招呼。

拉手风琴的　　又是一个充满乐观、活力、爽朗的早晨！这个地区，就像我的一个拍卖师朋友说的，这里是天堂。其他地方他都不会这样说的。关于这个实业家在自家厂里被肆无忌惮地杀死，您有什么新消息告诉我吗？尽管如此，我们也没有拉长着脸过日子。通常消息灵通的圈子正在谣传，说调查已经提前。报纸还说有人通过电话威胁死者！

安塞尔米拍了一下拉手风琴的肩膀，继续走他的路。
渐暗淡出。
依蕾内家的门厅。

依蕾内　　（亲热地）你是来找我散步的吗？
安塞尔米　　你看，我很累。我们就待在这儿好吗？
依蕾内　　（犹豫片刻）随你吧。

面向背景深处的门开着。依蕾内关上门，把安塞尔米带到饭厅。在靠近阳台的地方，他们俩站着，面对面。依蕾内看着他的眼睛，给他整理头发。

依蕾内　　（像个母亲似的）真的，你显得很疲倦。身体不舒

服吗?

安塞尔米　　（稍稍有点不耐烦）我很好。

他在沙发上坐下来。

安塞尔米　　我搞到了一些钱。

依蕾内　　（有点惊讶）你真是了不起。

安塞尔米　　（略带苦涩地）只有那笔款子的五分之一。我只

搞到九百比索。

安塞尔米把信封递给依蕾内。

依蕾内　　太惊喜了。（一阵沉默）但是你怎么了? 不高兴吗?

渐暗淡出。

快到傍晚的时候，安塞尔米走在郊区的一条街上。

在一辆卡车附近，碰上一群亚裔模样的小伙子。听到一

阵阵哈哈大笑和喊叫声。他转过脸去，看到这群人中有个长得奇形怪状、像猴子似的孩子正在被另一些人殴打（大家都穿得破破烂烂；有些人戴着领巾；另一些人则是大翻领的服装）。

小伙子一　（对受害者）潘乔猴！你知道你是谁吗？一只潘乔猴！

　　　　　小伙子一伸开手掌打受害者。

小伙子二　如果给他看一只装了猴子的笼子，他会以为是在照镜子呢！

小伙子三　（告诉大家）这是一只潘乔猴。

　　　　　大家都在打受害者。

安塞尔米　别欺负这个孩子。

　　　　　安塞尔米走近他们。这群人中有人从他身后朝他耳朵边打了一拳。安塞尔米一拳把那个人打翻在地。所有的人都冲过来对着他干，包括那位受害者。他们把他推到卡车上，缚住他的双手，并把他撂倒在车上。卡车开动了。安塞尔米看到那些恶毒孩子们的脚和膝盖。他们唱着古怪的、令人生厌的进行曲。

他们把他撂在育马场的院子里。拉腊英正坐在那里看一只德鳌大丹犬扑向一个被粗暴地套上麻袋的男子。拉腊英旁边有一位漂亮的姑娘，面无表情，却很有自己的特色（长波浪的头发，丹凤眼，等等）；拉腊英心不在焉地抚摸着她的头发，绑架安塞尔米的那伙人中的头头，希望能够引起拉腊英的注意。他给那伙人一个小小的手势，叫他们稍等一下。大家都看着那条大丹犬是怎样进攻的。最后，这个头头的讲话终于被听到了。

那伙人的头头　（对拉腊英）老板，就在我们要离开场子的时候碰到了这个人，我们就把他给带来了。

拉腊英　（发怒了）你们这种胡闹究竟要搞到什么时候呀？对你们这帮人就是要用铁腕来对付。

那伙人呆若木鸡地看着拉腊英。

拉腊英　　这里，在城北地区，这位先生是我的客人。

安塞尔米　　一位不情愿的客人，没有尊严的客人。

拉腊英　　（对那伙人）这位先生不能留下来吃晚饭。（改变了语气）你们必须用丝棉纸把他给包好，给我把他撂到腾佩雷小镇去。

安塞尔米和拉腊英的那伙人又默默地回到卡车上。

姑娘　　（对拉腊英）你叫他们绑架这个人就是为了这个吗？你是怕摩根吗？

拉腊英　　我不是怕他们。不过我考虑过了。（坚定的语气）我这样做，就能让摩根的人不要插手城北的事情。

渐暗淡出。

安塞尔米站在卡车上那伙人中间。卡车恰恰来到发生第一次事件的那个地方。

一位小伙子　（对安塞尔米）他们告诉我们，说您在城北是
　　　我们的客人，但是现在我们在城南了，而我呢又是个爱
　　　耍弄人的人。

　　　这家伙张开手掌打安塞尔米的脸。镜头对准密密麻
麻的一群人，一个个都以漠然的仇恨盯着安塞尔米。这
伙人的脸都很严肃；突然，那个猴脸孩子做了一个鬼
脸。这伙人又慢慢地回到了卡车上，眼睛还不停地盯着
安塞尔米。他们走了，留下安塞尔米一个人。

　　　渐暗淡出。

　　　傍晚时分，在依蕾内家的门厅。依蕾内和罗萨雷斯。
依蕾内穿着一件带口袋的毛衣；罗萨雷斯好像刚刚回来的
样子，就在大门附近，手里拿着一顶帽子。两个人都站着。

罗萨雷斯　（继续在解释）我不想夸大事情。我不排除这
　　　个年轻人可能会出来澄清他的立场。如果你出面说情
　　　的话……

依蕾内　（冷淡地）我干吗要说情呢？这一切真是太粗暴

了，劳尔绝不是犯人。

罗萨雷斯　　也许他不是，但是有些事他必须澄清一下。他为什么要打电话给受害人呢？那天下午他在奥利沃斯究竟干了什么呢？人家看到他流血了。为什么最近他总是跟穷瘪三待在一起呢？

依蕾内　　这样子谈话是没有用的。

依蕾内打开了面向大街的门。罗萨雷斯垂着头，正准备出去。走到半打开着的门时停了下来。

罗萨雷斯　　（好像他还在沉思中）也许是他太需要钱了吧。

依蕾内　　（不自觉地）钱。

罗萨雷斯　　据说他从受害者身上洗劫了九百比索。

依蕾内慢慢地关上门。她来到房间，穿起雨衣，像梦游似的穿过屋子，来到屋子最里面的院子。庄园的一幅画旁边有一盏灯照亮着院子。劳拉以与上次相同的姿势、相同的服装，坐在那把吊椅上，手中拿着一束紫罗兰。

劳拉　　（对依蕾内）我采了这些紫罗兰给你。

　　　　依蕾内走近劳拉，靠在吊椅的把手上。劳拉用别针
把紫罗兰别在雨衣上。

劳拉　　明天我要去庄园。

依蕾内　　明天，等路干了以后再去。

　　　　她离开并锁上了门。

　　　　渐暗淡出。

　　　　摩根家的门。安塞尔米，背对着镜头，他敲了门。
门稍稍地开了条缝，有个男子露出头来，讲了几句话，
听不太清楚，还做了一个叫人走开的手势，然后马上把
门关上了。安塞尔米低着头走了。

　　　　渐暗淡出。

　　　　安塞尔米，背影，面对着他房间的门。透过透明的
窗帘，他看到罗萨雷斯已经安排停当，正面对着点燃的
火炉等他。安塞尔米走了。

渐暗淡出。

安塞尔米敲了依蕾内家的门，没有人回答。

渐暗淡出。

安塞尔米在一家店里喝东西。

渐暗淡出。

安塞尔米在田野里徘徊，天正下着雨。

在一个坡道上有一列火车。火车启动了。安塞尔米突然做出决定，上了一个二等车的车厢。

渐暗淡出。

依蕾内，穿着雨衣，在安塞尔米家。（雨衣扣已经解开）她正在跟另一个女人谈话。就是那位在罗萨雷斯第一场景看到的那个女人。

那女人　　安塞尔米先生不在，还有一位先生等不及了，就走了。

依蕾内　　那我来等他。

那女人　　那好，姑娘，你能不能帮我一个忙？有人给安塞尔米先生带来了一封信，叫我当面交给他本人的，现在我必须离开了，麻烦您交给他好吗？

　　　　那女人把那封信给了她，依蕾内把信放进了羊毛衫的口袋里。那女人给她打开了房间的门。依蕾内走了进去。她有点紧张。她用留声机放了勃拉姆斯的第二交响曲，想借助音乐转移注意力。突然她转过身，看到进来了一个男子——丹尼尔·埃斯皮诺萨——他的眼睛低垂着，讲话杂乱无章，还抽泣着。他戴着单翘檐帽，穿着外套，满脸胡子拉碴，已经好几天没有刮了。

依蕾内　　（感到非常惊讶）你是谁？发生什么事情了？

埃斯皮诺萨　　我是丹尼尔·埃斯皮诺萨。我是来找安塞尔米先生的，你觉得他很快就回来吗？

依蕾内　　我不知道，你为什么要找他？

埃斯皮诺萨　　我是来请他帮个忙，并且告诉他一些事情的。

我想告诉他，不要再跟那些罪犯搞在一起了，（停顿片刻）不过我自己也是一个罪犯。我也做过很可怕的事情，也不配原谅或者可怜。你，姑娘，也用不着跟我讲什么话。

依蕾内　　没有人是不值得宽容和同情的。

埃斯皮诺萨　　但我是一个杀人犯，一个叛徒。已经两天了，我实在是活不下去了。

依蕾内　　我也认为你不能再这样子生活下去了。现在，对不起，我觉得你应该有希望的。

依蕾内双手捂着脸。

埃斯皮诺萨　　我不知道。我不明白。（一阵停顿）他们随时都可能赶来的，我必须马上离开这里。

他走近大门。依蕾内跟着他。他们出去了，天下着雨。埃斯皮诺萨走在前面，他们本能地靠着墙壁走。镜头远远地跟着他们俩。雨越下越大了。在一个街角，他们在屋檐下躲雨。离他们几米远的地方，模模糊糊地（也许是可疑地）看到有个男子的身影在晃动。一辆汽车的灯光照亮着他们俩，也照亮了他们上方的一个标记，那是一头抬起前爪的雄狮，上面有一行字：亚美尼亚雄狮。汽车靠近他们了，打开了一扇门。

一个声音 （从汽车内）你们上车。

埃斯皮诺萨 （恐惧地，对依蕾内）我们必须照他们的吩咐做。

那声音逼她上了车。依蕾内的紫罗兰掉在了靠近人行道边。前面模模糊糊看到的那个身影，跨前一步，弯下腰去把紫罗兰捡了起来。汽车猛地转向调头，灯光照亮了那个拉手风琴的（就是前面看到的那个神秘的身影）。又一次看到了那个带狮子的标记。

车子里有三个摩根的人：一个开车；一个跨坐在折叠式加座上（这是一个大块头，默默无声，纹丝不动，抽着雪茄）；第三个在最后一排坐着。依蕾内坐在这最后一位的旁边。埃斯皮诺萨坐在那个指路人的旁边，跟那个坐在"加

168

座"上抽烟的人在同一边。大家悄然无声，天正下着雨。

埃斯皮诺萨　（看着车子里面）你们没有理由把这位姑娘卷进来。

　　谁也没有回答。抽烟的人把雪茄从嘴里边取出，像盖图章一样在埃斯皮诺萨的脸上按了一下。埃斯皮诺萨惨叫一声，用双手捂住自己的脸。谁也不敢再议论刚刚发生的事情。依蕾内在恐惧中挣扎。

　　渐暗淡出。

　　摩根庄园的大门是打开着的；汽车在屋前停住了。

　　庄园的门厅，摩根的另一个手下迎接他们。佩德罗坐在一个台阶上，这个人身材魁梧，粗鲁而卑贱。他以贪婪的目光看着依蕾内。

迎接他们的男子　（对那些绑架者）把埃斯皮诺萨带到你们知道的那个地方去。（对依蕾内）你不能离开这个房间，直到老板同意。

依蕾内一个人留在了房间里。一个男人的声音（布里萨克的声音）正从隔壁的一个房间里传出。因为疼痛，声音已经完全变了样。

男声　　他要弄断我的胳膊……（一阵停顿）他们会打断我的胳膊……（更长一段停顿）我已经跟你说了，你会把我的手臂弄断的。

依蕾内走近房门，想偷偷地看一下情况。她看到了依尔玛的房间，看起来好像里面什么人也没有。她小心翼翼地进去了。

女声　　（依尔玛的声音）他们会打断我的胳膊……（一阵停顿）他们要打断我的胳膊……（更长时间的停顿）我已经跟你说了，你会把我的手臂弄断的。

依蕾内来到一个地方，这里可以清楚地看到一个弓形窗：里边有两个人物——托尼奥·德·布里萨克和依尔玛·埃斯皮诺萨——构成一个对称的小组，弓形窗一边一个人。他们站着，但有点半跪着的味道。两个人都用左手扶着右手的手腕。布里萨克看着依尔玛，而依尔玛无望地看着上方。她穿着舞者的衣服；他穿着一件短袖衬衫和短裤。布里萨克个子矮小，神经紧张，有些冲动和矫揉造作，是十分灵活的杂技演员。一束头发，单片眼镜和八字胡装饰着他的脸。

布里萨克 （没有看到依蕾内进来）不行，绝对不行。你的表现太过了。这种表现就是我们的敌人。

　　依尔玛看到了依蕾内；她惊讶地看着她。

布里萨克 （对依尔玛）你要分散注意力，使劲地分散注意力。这个排练没有取得任何进展。

　　布里萨克注意到依蕾内来了。依尔玛发现了依蕾内雨衣上滴落的水，正在把地毯弄湿。

依尔玛　　你想把艾思密尔娜地毯浸泡到什么程度？

依蕾内　　喔，对不起。

布里萨克　　（帮依蕾内脱去雨衣，依蕾内惊讶地看着他）我们不谈这个事情。（把雨衣放在衣架上；朝依蕾内走去）你，亲爱的天降特技女神，你来做做评判吧。我正在给我们的室内剧场排练一个双幕喜剧。这是另一位女神依尔玛，今天她一直很冷漠。我的喜剧可以这样冷漠对待吗？第一幕：崇高的情感，在古罗马的一座宫殿，爱比克泰德，奴隶和哲学家，还有两位王子蒙受苦难而相爱的故事。第二幕：第一幕中的人物，但是在二十世纪郊区的一座公寓。于是他们发现那第一幕正是由第二幕中的一个人物写的。他想在这个浪漫的戏剧中寻找弥补他们不幸的办法。荣格、皮兰德娄等。还有一个问题需要解决：男女主角将会屈从我们这个时代而碌碌无为呢，还是会得到他们的幸福？你，作为女神，你来拿个主意吧。

　　依蕾内想说些什么。

172

依尔玛　　我会说，布里萨克，你不应该这样吹毛求疵。女主角当然是我来演。一个有头脑、高雅、显贵、健健康康的人怎么会有不好的下场呢？

依蕾内　　请你们原谅，我是跟一位先生来到这里的……

依尔玛　　跟谁？

依蕾内　　是一位上了年纪的人……好像叫埃斯皮诺萨吧。

依尔玛　　你们是怎么来的？

依蕾内　　是有人带我们过来的……坐一辆汽车。

　　依尔玛突然站了起来，走开了。布里萨克不再自高自大了：他不安地看着依尔玛。

　　镜头跟着依尔玛。她穿过一个狭长的撤空了的房间。房间昏暗，房间的一边地面上有个暗门。这里有一个楼梯通到地下室。地下室通明；从一个暗室里射出一道白色的光。然后在贴近地面的地方出现一张巨大的脸，这是一个男子——佩德罗——正从地下室走上来。佩德罗在窥视依尔玛。观众可能会以为佩德罗会袭击依尔玛。佩德罗走到她身边，像一只大狗那样吻她的双手，并想摸她的大腿。她没有感到惊讶，也没有看他，就拒绝了他。佩德罗跪在地上，顺从地让她离开，但是两只眼睛死死地盯着她看。

依尔玛来到一个狭窄而高挑的房间，地面是瓷砖，中间有个网格栅栏。墙上没有窗子。埃斯皮诺萨的背影，脸上有血迹。他躺在地上，神志不清，喃喃自语。他睁着双眼，但是他没有看到依尔玛。

埃斯皮诺萨　　不要打我呀……我什么也没说。行了，求求你别打我，行了。

依尔玛弯下腰，绝望而粗暴地晃动着他。

依尔玛　　我是依尔玛，是你女儿呀。

埃斯皮诺萨　　（跟并不在场的人讲着话）行了，不要再让我痛苦了。我跟你说过了，是我杀了他。

依尔玛放开他，心里非常害怕，然后，她发疯似的又一次抓住他，晃动他。

依尔玛　　你跟谁说了？

埃斯皮诺萨　　那姑娘对谁也不会讲出来的。

依尔玛　　你给她讲了吗？

埃斯皮诺萨　　是的，放开我，放开我。

　　　　渐暗淡出。

　　　　依尔玛的房间。布里萨克和依蕾内在房间的另一
　　边，靠近窗子。

布里萨克　　（严肃地）我要再重复一遍，你现在很危险，一
　　个非常现实的危险。

依蕾内　　我不知道什么事情是真实的，什么事情是不真实
　　的，我处在噩梦之中。

布里萨克　　咱们走吧。

　　　　他打开窗子，逼她离开。房间里看到那副盔甲，上

面是依蕾内的雨衣。

渐暗淡出。

在这个狭长的撤空的大房间的黑暗处，依尔玛整理一下头发，抚摸了一下佩德罗，给他指了指通向大厅的门。佩德罗听了她的话，就朝她指的方向去了。他随后又马上出来了。

佩德罗　　他们已经走了。

依尔玛跑到大厅，以证明里面确实没有人，她指着那扇开着的窗子，大声喊佩德罗。

依尔玛　　他们还没有出大门呢。

佩德罗从窗子跳进了正在下雨的花园，磕磕碰碰地消失在庄园的黑暗深处。依尔玛在窗口，她准备跟着他一起去，但后来，面对大雨，她犹豫了。

镜头跟着佩德罗。他选择了两条分岔小道中的一条。那两条小道后来又汇合在一起，在最后的岔路口有一个杨树林，透过杨树林，佩德罗看到有个女人正在远去。他认出了依蕾内的雨衣。

佩德罗拼命地跑，追上她并把她打倒，把她掐死。街上，在一辆转弯汽车的灯光下，可以看到那个被杀女人的脸。是依尔玛。

布里萨克和依蕾内来到大门口。门已经关了。听到脚步声。

布里萨克　　咱们要想办法从庄园的后面逃出去，需要绕过这座房子。

当天晚上。安塞尔米在布宜诺斯艾利斯，沿着哥伦布大街向北走着。

后来我们又看到他在雷安德罗·阿勒姆大道的一家商店，胳膊肘撑在大理石桌子上，正面对着一杯酒。

安塞尔米在人工港附近的荒地里走着。他又困又累，实在撑不住了。后来我们看到他躺倒在地面的锚缆上。

他睁开眼睛，坐起身，茫然地看着四周。他看到了市场，看到了一排排昏暗的门面。他看到有个门面非常明亮，就朝这家店走去。就在他准备穿过马路的时候，一辆汽车在光亮处停了下来。拉腊英和一个女人下了车。这个女人可能是依蕾内。他们从一扇玻璃门进去了。在明亮的招牌上，Styx 这几个字母一会儿亮一会儿暗。一个军人风度的门卫，带点哥萨克人的味道，把守着大门。（这个门卫可以是摩根的保镖之一）

安塞尔米穿过大街。在那家店的大门一边，有个长方形图案在闪亮；这是一个半透明的玻璃橱窗。安塞尔米斜眼偷看了一下门卫，没让门卫发现，他就走近那个玻璃橱窗并急切地往里看。里边一对对的化装舞伴正在跳舞；可以看到三角兽、各种动物脑袋、主教僧帽、小丑的菱形帽等等。可以听到 *Till Tom Special* 的音乐。

门卫　　（热情地）可以进去的。这对大家都开放的。

安塞尔米走了进去。他来到一个小剧场。这是一个古老而豪华的剧场，不禁让人回想起第二帝国。场子狭小，但是很高，有好几层看台。就在平常放正厅座位的地方，很多人在跳舞。周边有许多桌子，每张桌子都有一盏灯，还有灯罩。安塞尔米想再往前走，但是人群挡住了他。谁也没有在看他。他沿着墙壁走，挤开人群，来到一张桌子旁。他坐了下来，低着头，很累的样子。但是，当他抬起眼睛时，看到了舞池另一边的依蕾内。她跟拉腊英和库宾坐在一起。他满怀渴望地看着她。在某个时刻，他们俩的眼光相遇了。他向她挥手问候；但是她好像不认识他。依蕾内站了起来，向他走过来；但是在他们俩已经很近的时候，她正好转过身去，始终没能看到他，然后她便消失在通往楼梯的那个入口处。安塞尔米想跟上她，但是有那么多人在跳舞，他只好回到自己的桌子。不久以后，在一处高高的看台，靠近天花板的地方，他看到了依蕾内。

安塞尔米　　（用手指着包厢问服务员）那个包厢是几号？

服务员　　高位包厢，是十九号。

安塞尔米顺着空无一人的台阶上楼去了，在楼梯转弯处放着带有烟灰缸的雕像（其中有的就是摩根庄园里的那种黑色雕像）。他来到了顶层；看到字牌上写着：高位包厢。他敲了十九号包厢的门。进去了。在一张空空的桌子面前，摩根坐在那里。安塞尔米还没有开口，摩根就给他指了指更高处的包厢，依蕾内就在那里。

摩根　　依蕾内正面临着死亡的威胁，如果你去找她，你还可以救她，并且救你自己。

　　安塞尔米看着摩根。他显得那么阴沉、苍白、老态，已经病入膏肓。

安塞尔米　　（关心地）你需要什么帮助吗？让你一个人这样待着我真感到不放心。

摩根　　我很习惯一个人待着。我将永远是一个人。

　　安塞尔米出去了。他又上了两层楼。（注释：前面说十九号包厢在最高一层；现在却还有一个楼梯再往上走。）他来到一个包厢，门是开着的。依蕾内和拉腊英正在里面吃晚饭。安塞尔米想引起依蕾内的注意，但是他失败了。这时他听到了脚步声，看到波菲里奥·罗萨雷斯沿着长长的螺旋形楼梯下来了，要到他原来在的那楼层去。安塞尔米犹豫了一下，他就逃到与前面楼梯平行的第二个螺旋形楼梯。波菲里奥追他去了。安塞尔米从螺旋梯转弯的地方，看到拉腊英和依蕾内两个人起了争执。他继续往上走，在另一个楼梯转弯处又看到拉腊英拔出一支驳壳枪，一枪打在依蕾内的胸口。安塞尔米从楼梯上纵身跳下，跑向包厢。拉腊英已经不在那里。依蕾内，躺在地上已经死了。安塞尔米弯下腰靠近她，从自己口袋里取出一只戒指，套在死者的手指上。他站了起来，看到拉腊英就在楼梯附近。他追上去，顺着楼梯往下走。剧场已经空无一人。楼梯那边还是一片黑暗，好像看不到头。安塞尔米从楼梯的转弯处，看到拉腊英在下面很远的地方，打开了地板上的一个暗门，跳了进去。安塞尔米跑下来，向他扑去。他来到一条泥土地的大街，在一个空旷的地方，有树木（这是腾佩雷小镇附近的大街，曾经在这里看到卖面包的小车）。拉腊英已经消失不见。地上，就像曾经在包厢里一样，躺着依蕾内。安塞尔米把她抱在怀中；她半睁开了眼睛。

安塞尔米　　我终于跟你在一起了！

依蕾内　　（抚摸着他的头发）我不知道你是不是跟我在一起，劳尔，我已经是另一个人了，而这全是你的错。

很多奇怪的身影都映射到她的身上。安塞尔米转过身，看到四周围着他们俩的是戴着巨大化装舞会帽子的人。他们是库宾、拉腊英以及摩根那帮子人。他们走近安塞尔米，用驳壳枪对着他打。依蕾内消失了。安塞尔米倒下，也死了。库宾和杀人凶手，戴着巨大的僧帽和面具，弯腰靠近安塞尔米。

库宾　　他正在睡觉。马上就会醒过来的。

安塞尔米在一块荒地里醒过来。库宾和摩根的人围着他。他们没有化装。有一位先生（罗穆阿多·罗贝拉诺）陪着他们。这个人看上去像个定居者而不是游牧人。他的脸虽然不像魔鬼，但是应该说很丑。他戴着眼镜，戴着大礼帽，穿着外套，拿着雨伞。大家都看着安塞尔米，很关切的样子。（注释：他在睡梦中听到了 *Till Tom Special* 的乐曲声；现在他又听到了城市的声音。）

安塞尔米　（想稍稍幽默地表达）你们看到的我是什么样子啊！

库宾　这么说吧，我们的情况也不比你好多少。

安塞尔米怀疑地看着他。

库宾　（带有某种挑战意味的）你不相信我？（一阵停顿）你规定我们公司的毛资产应该是多少现金？

安塞尔米在锚缆上坐好。

安塞尔米　　我一点儿概念也没有。你想找我借贷款吗？

罗贝拉诺　　（十分震惊地）开个玩笑，不是的。你也不看看你所在的地方。（指着周边的空地）

库宾　（没有考虑罗贝拉诺说的话，无情地）二千七百四十比索。一个子也不要多！你要是知道这么多张嘴一个月要消耗多少就好了！

　　安塞尔米惊讶地看着他。

库宾　（重复那句话，那个腔调）你不相信我？

　　库宾取出一大把钱，在安塞尔米面前晃了晃。

库宾　你想要这些钱吗？你需要这些钱吗？收下吧！对我们来讲，这些钱没有任何价值。

　　指着城里的一幢大楼。一幢有很多层的高楼。

库宾 这个大厦是银行。这个星期天太阳出来之前，我们就会拥有它库里所有的黄金或者什么也没有拿到，而且我们再也不需要钱，因为我们都已经死了。

罗贝拉诺 （沉思了一会儿）我宁愿要第一种可能性。

库宾 那是最不可能的。做这种事是很难的，几乎是不可能的。正因为如此，所以我们正在想办法。摩根组织再也不能在贫困中得过且过了。我们宁愿面对令人恐惧的结局，也不要承受无休无止的恐惧。（雷蒂罗火车站的大钟敲起了午夜的钟声。库宾换了一种语气继续说道）好吧，安塞尔米，你把这些钱拿走，跟我们这些人告别吧。（一阵停顿）我们走了。

安塞尔米 （站了起来）你把钱收起来，我跟你们一起走。（一阵停顿）也许我命该如此。（好像自言自语）我做这种事情，几乎就是为了最后杀掉我自己。

    大家一起离开了。在路上，他们碰到一辆停在路边的卡车。库宾跟司机讲话。在他们将要去抢劫的那幢高楼附近，有一个正在建造中的工地。他们像一个个黑影行走在脚手架之间。翻过一面高墙后，他们来到一个狭小的内院。高墙上有一扇几乎看不见的小门。罗贝拉诺打开了门。他们来到一个很大的院子，静悄悄的，光线很好。还有些很大的门紧闭着，看上去是没办法进得了的。还有深深的走廊，看不到尽头。库宾下着命令。抢劫的人分成几个小组，他们沿着走廊远去了。安塞尔米与另外两个人出发了；其中一个是金发男孩。另外一些人去打开一扇大门，好让卡车进去。留下的是库宾、罗贝拉诺和两个面无表情的保镖。

罗贝拉诺　　（对库宾）所有这些有意思的冒险，都必须确保我个人的人身安全。不能容许丝毫的疑问而玷污了恺撒女人的好名声！

　　　　罗贝拉诺在讲最后一句话的时候，还用拳头捶打着自己的胸口。

库宾　　你放心吧，我刚刚吸收加入我们队伍的那个男孩，一定能实现这个目标。

罗贝拉诺　　这个半路闯进来的年轻人应该死。他的尸体要及时化妆，并且要穿上这件衣服。(他威风地抖了抖自己的大翻领)这尸体将会清清楚楚地证明，我，模范员工罗穆阿多·罗贝拉诺，是为了保卫这家坚如磐石的银行而牺牲的。

库宾　　(看了看表，对一位保镖说)你去看看佛尔克尔怎么了，他在警报控制室。

罗贝拉诺　　(热情高涨)这种配合真的非常棒。半路闯进来的那个人将要死，我也会消失，然后巧妙地出现在卡拉斯科，科帕卡瓦纳，蒙特卡洛，甚至巴塞罗那。我的生命直到今天一直是顺当的。现在，我要用将要到手的最大一笔钱财为我天然而放荡的生活办一个毫无限制的贷款。什么露天义卖游艺会、狂欢节、古巴狂欢节、赛跑、探戈、旋风烟火、慈善摸彩、雪茄烟、木薯淀粉饼，等等，统统不在话下。不过有一点，我必须要这具尸体。

库宾　　(严肃地)我向你保证，你可以放心，这具尸体肯定会有的。

安塞尔米和陪同他的两个人一起上了很高的楼梯。就在他们快要到达上面的时候，两个人中有一个站到了安塞尔米的身后。

　　他们来到一个圆形的回廊，在大楼中央大厅处有个口子，可以通向各个楼层。地上有木匠工具和涂料。楼梯有一段弓形扶手被拆了，靠在墙上。安塞尔米正走向最里面的一个门；他绕过空旷的场地，两个人跟在他身后，更加靠近那面墙了。其中一个人扑向安塞尔米；他连忙弯下腰，避开了，男子掉在了空旷的地上，粉身碎骨；我们从高处看到他双臂交叉着。另一男子拔出驳壳枪。安塞尔米马上扑了上去。两个人搏斗着。房子的某处响起了一声枪声。安塞尔米拿起对手的手枪。两个人一起下去了；安塞尔米走在后边，用驳壳枪顶着那个男子的后背。他们来到一条走廊，这里穿过一个拱门就是楼梯。在走廊的尽头，库宾和其他几个人露出头来。金发男孩利用安塞尔米感到惊讶的短暂机会，跑到了他同伴一边。他跑时还轻松地微笑了一下。另一些人开火了。在离他们很近的地方，那男孩倒下了，胸部受了伤，莫名其妙地死了。这时，在不同高度的走廊里，出现了保安，他们与库宾那伙人交火了（安塞尔米没有干预）。枪声中又响起了"呜啊呜啊"的警报声。一个保安倒下了。抢劫者逃走了。有些人拖着箱子装到卡车上去。罗贝拉诺打开一扇门，库宾和其他人都进去了。卡车从一扇很大的门开出去了。安塞尔米沿着他们进来的那个走廊走向出口处。

镜头再次对着库宾和罗贝拉诺。他们在一个后院，这里有个洗涤槽和一个煤气表。很安静。

罗贝拉诺 （非常激动）我完成了所有的任务。你们欠我应得的部分，必要的话我将诉诸法律。如果没有取得完全成功的话，你们要承担你们的责任。就连我杀死那个来自荒地的年轻人的时候，你们也没有能够保护我！

库宾 （好像面对事实要认罪一样）就这样跟我开了个玩笑。我没有当场把他给灭了，我给我内心的艺术家让了条路。我用我也说不清的什么贫困和危险的童话点燃他的激情。我想在杀他之前先派个用场。现在，鸟儿都飞走了。(他嘘了一声，双臂一摊)他也走了！

罗贝拉诺　　(无情地，强烈地)你说他走了是不。这是由于你的愚笨，你无法开脱的愚笨。(用手指指着库宾)我们的计划有一个非常重要的支柱，现在黄了。现在缺少的就是我所要求的尸体！

库宾　　(耐心地)你放心，这部分计划会实现的。他们会找到尸体的，他们会发现尸体就穿着你的衣服。尸体的脸还用不着化妆。

　　库宾取出驳壳枪把罗贝拉诺杀了。

　　渐暗淡出。

　　在马路上，安塞尔米看到库宾和他那帮人上了卡车，开走了。从银行大门出来一些人。安塞尔米不慌不忙去了市场。

　　安塞尔米从列车的窗口看着早上的情景。他在巴拉卡斯看到三匹马拉的四轮平板大车，后来又到了里亚却罗。

　　安塞尔米的房间。被百叶窗切断的阳光照射进来，把他唤醒了。安塞尔米惊慌失措地看看自己。发现自己还在床上，穿着衣服。他起了床。用水湿润了一下脸和头发便上了街，头发蓬松，领带松垮。时间还很早，马路上空无一人；百叶窗还都关着。靠近人行道的地方有辆送奶小车。

安塞尔米来到依蕾内家。他敲门，使劲地敲门。没人回应。安塞尔米犹豫了起来。拉手风琴的一瘸一拐地在街上走着。

安塞尔米　　真奇怪，怎么不开门。（停顿了一会儿）应该是太早了吧。

拉手风琴的　　现在，一切都很奇怪，先生。远的不说，就说昨天晚上，我是一些难以置信事件的目击者，更确切地说，是一个受害者。当时我在离你家不到一百米的地方，就在亚美尼亚雄狮的对面。突然出现了一辆汽车，就是几天前我在奥利登庄园看到过的那辆车。你的未婚妻小姐在一个受尊敬的人的护送下上了这辆车。她的一束紫罗兰掉了。我冒着大雨——毫无疑问，这雨水非常有利于播种——扑上去把花捡了起来。我担心汽车会开走。这时汽车猛地发动，打起转来，把我给轧了。要不是我猛地一跳，我早就被碾死了。多么的紧张，好像他们存心要把我弄死似的。

安塞尔米看看他，又很快地走了。

安塞尔米朝摩根的庄园走去。路上，他看到曾经绑架他的那帮家伙的卡车驶过。

摩根家的门厅。安塞尔米从一边到另一边，踱来踱去。在一张圆桌子旁，摩根的一帮人正在玩牌，其中有一位土著欧裔老头，穿着灯笼裤，脚着拖鞋。他们严肃地玩着牌，不时地听到一些声音（几乎都是外国话的声音）。

吵闹声　　耍花招。我要，来个大花招。（一阵停顿）我追加。我不要。要个花招。

猛烈的敲门声。有人去开了门。拉腊英进来了，他把开门的人推开。

拉腊英　　（气势汹汹且傲慢无礼）快告诉摩根，就说佩德罗·拉腊英来了。（他抬高了嗓门）我要他马上接待我。

　　玩牌的人停了下来。只有土著欧裔老头好像与此毫无关系。

土著欧裔老头　　（对拉腊英，平静地责怪他）你没有看到吗？先生，你把他们搞糊涂了。我正在教这些外国人玩牌的技巧，而你狂妄的喧嚣分散了他们的注意力。

　　就在这时，有一个男子出现在楼梯的最高处。

拉腊英　　住嘴，醉鬼。

　　土著欧裔老头（个子相当矮小）站了起来，从腰间笨拙地抽出一把刀，扑向拉腊英。拉腊英马上拔出手枪

对准他，等他靠近自己，最后一枪打在他的脸上，把他
打死了。拉腊英掀翻了玩牌人的桌子（桌子连同纸牌、
瓶子、杯子倒向围观的人），并看着他们收拾。

拉腊英　　　就这样，我要把摩根的人通通摆平。

　　　　　　寂然无声。安塞尔米突然讲话了。

安塞尔米　　你刚才说的对我不管用，我不是摩根的人。但
是我知道你做过一件见不得人的勾当。

　　　　　　安塞尔米的话一时间让拉腊英非常慌张。安塞尔米
猛地一拳把他打翻在地，抓住了他的手枪。

拉腊英　　　（微笑着）你的手脚够麻利的，喔？你，挺斯文的
一个人，为什么跟这帮垃圾混在一起？我将要成为杀人
凶手，但你的老板是个叛徒、骗子。你要知道：摩根派
我，也派你去叫阿比杜马利克，他终生的好朋友过来。

后来他做什么了？他的人，我不管是哪一位（好像明白了什么似的看着安塞尔米），杀了阿比杜马利克。我好像什么也不是，想把我撇出银行的事之外。但是你们迟早会明白拉腊英是怎样的人。

　　慢慢地，摩根的人准备把拉腊英围起来。那个出现在楼梯最高处的男子又一次出现了。他劝他们不要这样做。拉腊英和安塞尔米跟这个没有关系。

安塞尔米　　这里边的事情都跟我没关系。你杀了一个人，而我现在可以杀掉你。我之所以不这么做，那是因为你，拉腊英，已经死了。你活在背叛和罪恶之中，你的死也将如此，这就是你的命。时间到了，其他像你一样的人也会把你杀掉的。（换一种口气）今天我明白了，我干不了这样的事情。因为我不是杀人凶手，也不是刽子手。

　　楼梯高处的那个男子走了。
　　拉腊英脸不改色地听完他的话。现在他严肃地回答了。

拉腊英　　也许您讲的有道理，但是我这一生就是暴力。如果我现在能活着出去，将来我还会把大家都杀掉，也会把你这个曾经打过我脸的人杀掉。你还是趁现在手上有武器把我给杀了，趁我不能杀你时杀了我吧。

　　从楼上下来一个人，他一直在楼梯的第一个平台上看着下面发生的事。

安塞尔米　　确实如此，也许我真应该把你杀了，也许这正是我的一个弱点……问题是我不能杀你，也不能杀任何人。

　　安塞尔米把武器递给他。然后，他改变了想法，微笑了一下。

安塞尔米　　最好还是不还给你。我们的较量还没有结束，你会当场把我杀了的。但是我不需要这个武器，什么也不要。

　　安塞尔米把驳壳枪从窗子扔了出去并上了楼。摩根的人还没有来得及反应，拉腊英开门就走了。

站在楼梯平台的男子　　（对安塞尔米）你可以去见头头了。

　　重复安塞尔米第一次拜访摩根时走过的路线。那男子陪他一直走到螺旋形楼梯的下面。安塞尔米上去了。他来到摩根的房间。背对着他，在一张桌子前，老板就坐在扶手椅里。就像第一次拜访时一样，一个巨大的身影，映射在墙壁上。这个人转过身，微笑着很粗野地打招呼：是艾利塞奥·库宾（他穿着摩根的披风）。

　　桌子上有一个墨水瓶，一支鹅毛笔，一个手摇铃。地上是卡车上的那些人从银行搬出来的箱子。

库宾　　真扫兴，我的好朋友！真扫兴！（兴奋地）你走的所有通向摩根的路都通到我这儿来了。在很长时间里，摩根只不过是我控制的一个俘虏。现在我把他干掉了。现在摩根就是我！

讲到最后一句话的时候，库宾拍了拍自己的胸脯。

安塞尔米　（强烈地）我对这个故事不感兴趣。依蕾内·克鲁斯在什么地方？

库宾　（拍着自己的前额）喔，我早该想到这一点的！这个女人他会感兴趣的。

库宾摇了一下写字桌上的手摇铃。两个保镖马上出现了；他们从安塞尔米身后通往露台的门进来。

库宾　（对贴身保镖）把昨天晚上进来的那个女人带来。

安塞尔米稍稍犹豫了一会儿，便坐在了库宾面前。保镖们走了。

库宾 （私密地）事实上我一直就是那个摩根。（他张开双臂）我就是那个令人敬畏的门面背后秘密的中枢！这里摩根，那里摩根，到处都是伟大的摩根。谁也没有注意到艾利塞奥·库宾，他的心腹人物。我在地上爬来爬去，对他顶礼膜拜。我从灵魂深处厌恶他！

　　　　库宾站了起来，在房间里转来转去，手舞足蹈。

安塞尔米 （鄙视地）我明白了：你过去是个伪君子，现在是个叛徒和杀人犯。

库宾 （耸了耸肩）我们不来争吵这种事情。你不要可怜摩根：摩根杀你父亲的时候也不曾可怜过你父亲。

　　　　安塞尔米把摩根看作一个失败者。库宾赢了。

库宾 人都是非常肤浅的。大家都曾经相信摩根。（谦虚地，带着好心情）这是可以理解的，谁会把我这个模样的人当回事呢？（重新捡起话题）拉腊英本人也是相信摩根的。我操纵这个傀儡，而拉腊英妥协了。我比摩根更伟大！

　　　安塞尔米站了起来。

安塞尔米　　（鄙视地）你今天讲给我听的故事很高尚，但是我不想再浪费时间了。我要去找依蕾内。

　　　库宾不动声色，他摇了一下铃，保镖进来了。按照库宾的示意，他们抓住了安塞尔米的胳膊。

库宾　　你这么着急很高尚，但是很愚蠢。请你听到最后，你会改变主意的。但愿我们能够相互理解！阿比杜马利克曾经是摩根的老同志。他曾经派人用秘密的方式告诉你，说我们准备杀你。我马上就明白了。所以我决定要杀掉阿比杜马利克，并且让所有的怀疑都集中到你身上。我相信你一定是第一个明白的，我办事只看是不是合适，从来都是毫不留情的。

安塞尔米　　你确实是我所见过的你这种类型中最完美的。

库宾　　（没有感觉话中的讽刺意味）安塞尔米，我给你一个好的出路！我把你放在这个组织的领导位置上。你具有感染力的坦诚，天然的诚实就是我们最好的名片。愿虚伪的谦虚不会让你害怕：老朋友、私人导师将永远在你背后，一词一句地告诉你，指导你的每个表情，你的大脑，大脑，大脑！

　　　　在讲到"老朋友，好导师"的时候，库宾非常激动，他捶胸顿足起来。

　　　　安塞尔米无法找到恰当的言辞来表达他内心的厌恶，他十分仇恨地看着库宾。

库宾　　（受到了伤害）你不想吗？（他摇了一下铃）你看看我是怎么对付那些造反者的吧。

　　　　进来一个保镖。库宾悄悄地给他讲了几句。保镖出去了。库宾走近窗子，一脸好奇地看着（他的举动有点像猴子)。

　　两个保镖拖着丹尼尔·埃斯皮诺萨一步步出来了。他满脸伤痕，目光无神。库宾给他递过一把扶手椅。保镖把他扶上椅子。埃斯皮诺萨下巴贴在胸口上，双臂垂下，一动也不动，筋疲力尽。

库宾　　（提高了嗓门，好像埃斯皮诺萨在很远的地方）埃斯皮诺萨！埃斯皮诺萨！

　　保镖打埃斯皮诺萨耳光，好像他的头散了架一样，被打得晃来晃去。

保镖　　（对埃斯皮诺萨）老板在跟你讲话呢。

　　库宾做出不耐烦的表情，责骂保镖。然后把嘴巴凑近埃斯皮诺萨的耳朵。

库宾　　告诉我，摩根是怎么死的？快讲，不要害怕，不会有事的。

这里可以加进一些充满表现力的图像，什么东西爆发或开裂而有东西流出来：河堤因洪水而崩溃啦；陡峭的岩石因炸药爆炸，连同泥土、植物铺天盖地扑向镜头啦；雪山的一次雪崩啦；火灾中的一面墙垮塌；等等。

在垮塌或者爆发的最后时刻，显现埃斯皮诺萨的脸，他坐在那里。

埃斯皮诺萨　　我来讲摩根是怎么死的。别的事情我不能讲。我不能想其他的事情，直到世界末日。（一阵停顿）我本来是想救摩根的。但是他们发现了我。

埃斯皮诺萨描述的情景一幕幕地出现了，就像旧时的默片一样遥远而模糊。

埃斯皮诺萨在一个高高的房间里，他想从窗口跳出去。他们把他抓住了。我们从房间的内部看到这个情景；通过这个窗户，下面，在院子的另一边，我们看到

安塞尔米和一个保镖正在朝镜头方向张望。（见前文第一四六页）

埃斯皮诺萨　我想自杀。（一阵停顿）后来他们又威胁我，要杀死我可怜的女儿。再后来就到了末尾。我帮他穿好衣服。我本应该把拐杖给他的，但是我没有来得及。

看到摩根站在黑白相间的地上，好像一座摇摇晃晃的雕像。埃斯皮诺萨去拿靠在桌子边上的拐杖。有个身影出现在门口。已经拿到了拐杖的埃斯皮诺萨又松开了拐杖。直到这时，这个情景完全是无声的；现在，在很近的地方，可以听到拐杖掉在大理石地面上的声音。镜头对准掉下去的拐杖；这个形象非常生动。下面的特写场面也非常生动。摩根试图走到拐杖那边去；他摔倒了，我们立刻看到了他的脸。我们看到正在走近的一个人的脚。听到炸裂声。摩根死了。镜头再往上推移：我们看到了拿着手枪的手；然后，是凶手的脸：是丹尼尔·埃斯皮诺萨。

埃斯皮诺萨　（慢慢地）我早就发现他们的目的是杀掉摩根。他们选择我来做刽子手。选择我就是为了永远不告发他们。

埃斯皮诺萨脸部的特写镜头：脸下垂，很憔悴，眼睛闭着，一动也不动。现在看到的是埃斯皮诺萨的脸，他讲完摩根之死的故事后，又显得昏昏沉沉。镜头远去。我们看到埃斯皮诺萨坐在扶手椅里，看到库宾和他的人马，还看到劳尔·安塞尔米。

库宾　（一阵沉默以后，不耐烦地）你再讲呀，再讲下去。

埃斯皮诺萨没有回答。库宾离开扶手椅，走近埃斯皮诺萨，侧着头看他。

库宾　（在短暂的打量以后）他不能再讲下去了，他已经死了。

库宾回到了扶手椅。

库宾　　好的。我来把这个结尾讲完。还缺少处置摩根的尸体的部分。杀他的人应该承担起这个任务。就在当天晚上，埃斯皮诺萨在我的人的监督下，把尸体抛到了铁路上。（摊开双臂，显出孩子般的惊讶）火车把他碾得粉碎！

　　　　听到外面有一阵枪声。库宾探出窗外。

库宾　　不会吧。拉腊英的人向我们进攻了。（对保镖）你们快点，每个人都站好自己的岗位！

　　　　听到连绵不断的枪声。库宾从食品柜里取出一支温彻斯特步枪。

库宾　　安塞尔米，不要忘记这个时刻。库宾投入了战斗。

　　　　一阵狂怒，库宾把一扇扇窗子都打开，瞄准并开枪。有一个进攻的人已经爬上了栅栏，库宾一枪把他撂倒。一颗子弹打中了库宾，他丢下步枪倒在了地上。子弹打穿了菱形彩色玻璃。安塞尔米从通向露台的那扇门走了。

渐暗淡出。

一扇门打开了；依蕾内露了一下脸，看到房间里没有人，她跑步穿过房间。正想进另一个房间的时候，她看到佩德罗（巨人）的手臂撑在窗台上。依蕾内一动也不动。一会儿，佩德罗倒下了。他死了。在整个这个场景中，枪声持续不断。

依蕾内来到一个很大的房间的门口，房间里有些柱子；房顶上，正中间，有一个长方形的口子，可以通到上一层的走廊。面对着依蕾内，安塞尔米在房间另一头的门口出现了，窗子面朝花园；库宾的人正在射击；依蕾内和安塞尔米张开双臂，幸福地向对方跑去，他们热烈地拥抱。窗子那边有个人摔下来，死了。枪声更加密集了。依蕾内和安塞尔米弯腰躲避。

渐暗淡出。

拉腊英对着锁芯开了一枪，打开了客厅的门。地上是打翻的桌子，纸牌，破碎的瓶子和杯子，还有被拉腊英打死的那名男子。

依蕾内和安塞尔米所在的房间。枪声还在继续，震耳欲聋。依蕾内和安塞尔米脸朝下，趴在地上；他们俩讲着话，完全不理会危险，好像心醉神迷一般。

依蕾内　　从昨天晚上到今天，多少时间过去了！好像是做梦一般，我记得他们把我绑架了，我跟埃斯皮诺萨先生讲过话，还有（她微笑着，从毛衣口袋里拿出一信封，把它交给了安塞尔米），他们叫我把这封信交给你。

安塞尔米　　（微笑着）咱们在余下的生命里再来读这封信吧。

安塞尔米拆开信封，看了一眼。

安塞尔米　　命运真是太讽刺了。兰迪工程师告诉我，可以去取六千五百比索。就是咱们谈到的那笔钱。依蕾内，庄园有救了。

依蕾内　　不，不是庄园，是我们的家。那个庄园我们好多年以前就已经没有了。只要我那个家还在，我就会有我的妹妹，就不用把她送到疗养院去。我可怜的妹妹已经疯了。

拉腊英进来了，他拿着手枪，走向依蕾内和安塞尔米；他悄悄地靠近，没让他们俩发现。布里萨克从上方的走廊里扑向拉腊英，把他打倒。他们死死地缠在一起搏斗着。（从窗子外射进来的）一颗子弹把拉腊英打死了。

布里萨克示意依蕾内和安塞尔米跟着他走。他们从院子里出来，从花园逃走了。枪声停了。看到警察正在进入房间。他们来到一棵硕大竹子后边的一个隐蔽的小铁门。

布里萨克　　天堂是属于那些好战分子的。但是回到和平，回到地球也没有什么不好。（指着一条马路。）

安塞尔米　　（思考着）请你再重复一下刚才那句关于天堂的话吧。

布里萨克　　我想起了从摩根那边听到的一句话。穆斯林说，天堂就在利剑的阴影中。摩根告诉我，在亚历山大的黑社会，讲到那些死期已定的人时常常会说，他们已经到了信徒天堂。

安塞尔米　　现在我明白应该带给阿比杜马利克什么信息了。

听到一声枪声。

布里萨克　　（指着那扇小门）我们可以从这里出去。

安塞尔米　　我不行，我还有件事情需要讲清楚。

布里萨克　　（正在开门）我唯一的徒弟死了，我必须另外再找一个。（他出去了，在街上对依蕾内）你会不会就是我要寻找的那另一个呢？

依蕾内　　我想不会吧。我会跟劳尔待在这里。

布里萨克鞠了一躬，走了。一会儿他又回过头来，张开双臂，面对着观众说。

布里萨克　　我已经找到了这部剧的结局：男女主角将会很幸福！

一九五〇年二月二十日于老地方

210

JORGE LUIS BORGES
ADOLFO BIOY CASARES
Los orilleros – El paraíso de los creyentes

Copyright © 1995, María Kodama
Copyright © Heirs of ADOLFO BIOY CASARES and JORGE LUIS BORGES, 1955
All rights reserved

图字：09–2010–605 号

图书在版编目（CIP）数据

市郊人·信徒天堂 / (阿根廷) 豪尔赫·路易斯·博
尔赫斯 (Jorge Luis Borges)，(阿根廷) 阿道夫·比奥
伊·卡萨雷斯 (Adolfo Bioy Casares) 著；陈泉译. —
上海：上海译文出版社，2019.5
（博尔赫斯全集）
书名原文：LOS ORILLEROS–EL PARAÍSO DE LOS
CREYENTES
ISBN 978–7–5327–8035–8

Ⅰ.①市… Ⅱ.①豪… ②阿… ③陈… Ⅲ.①电影文
学剧本–阿根廷–现代 Ⅳ.①I783.35

中国版本图书馆CIP数据核字（2019）第072126号

市郊人·信徒天堂 Los orilleros – El paraíso de los creyentes	豪尔赫·路易斯·博尔赫斯 阿道夫·比奥伊·卡萨雷斯 陈泉 译	著	出版统筹 赵武平 责任编辑 李月敏 装帧设计 陆智昌

上海译文出版社有限公司出版、发行
网址：www.yiwen.com.cn
200001 上海福建中路193号
上海信老印刷厂印刷

开本850×1168 1/32 印张7 插页2 字数63,000
2020年7月第1版 2020年7月第1次印刷

ISBN 978–7–5327–8035–8/I·4937
定价：58.00元